Thomas Arnold · Deutschland – nein danke!

AF211016

Thomas Arnold

Deutschland – nein danke!

Gedanken über unser Land

Bilder mit freundlicher Genehmigung von
Wendt & Pohl, www.pohl-projekt.de

© 2005 Thomas Arnold
Satz und Layout: Buch&media GmbH, München
Umschlaggestaltung: Kay Fretwurst, Spreeau
Herstellung und Verlag: Books on Demand GmbH, Norderstedt
Printed in Germany
ISBN 3-8334-3454-6

Vorwort

Liebe Leserin, lieber Leser,

auf den folgenden Seiten sollen Sie zum Nachdenken angeregt werden. Man sollte nicht alles hinnehmen, was Politik, Medien und öffentliche Meinung einem vorsetzen. Häufig wird der Eindruck vermittelt, alles sei schön und sorgenfrei. Leider vergessen die Menschen sehr schnell, was gestern war. Sobald die Tür zu den eigenen vier Wänden geschlossen ist, kümmert die Welt draußen nicht mehr. Der Mensch in Deutschland ist egoistisch geworden. Die Hilfsbereitschaft wird dabei vergessen und man schiebt als Entschuldigung dafür die hohen Steuerabgaben vor. Dabei ist Helfen nicht immer gleich mit finanziellen Ausgaben verbunden, sondern man kann auch anderweitig Gutes tun.

Mahatma Gandhi sagte einmal: *Du musst in dir selbst ändern, was du in der Welt ändern möchtest.* Man muss aber nicht gleich versuchen, die ganze Welt zu ändern. Anfangs genügt es auch, wenn man erst einmal versucht, in seinem Umfeld etwas zu bewegen. Dazu gehört aber auch, dass man sich Gedanken über die momentane Lage und Situation in unserem Land macht. Ist das wirklich alles so wie uns die Politiker weismachen wollen? Sollte nicht jeder Einzelne erst einmal hinterfragen, ob es nicht auch anders geht? Es kann nicht sein, dass die Lebensqualität in Deutschland immer weiter sinkt. Dass der

5

Lebensstandard auf Grund politischer Fehlverhalten und Investitionen immer weiter zurückgeht. Und dies auf Kosten der normal verdienenden Bürger. Nicht weniger dazu beigetragen haben auch die Grenzöffnungen in der EU und der Zusammenschluss von Ost und Westdeutschland. Aber hätten die Politiker nicht erst einmal zusehen müssen, dass sie diese Ost-West-Wiedervereinigung auf eine wirtschaftliche Lage bringen, bevor andere in unser Land kommen, um den Arbeitsmarkt ganz in die Knie zu zwingen? Oder sollten die Steuereinnahmen nicht erst einmal für Investitionen in Deutschland ausgegeben werden, bevor sie als Kredite oder Sonstiges ins Ausland verschwendet werden? Damit diese Ausgaben finanzierbar sind, wird immer weiter an der Steuerschraube gedreht. So weit, wie es der einzelne Steuerzahler zulässt. Anscheinend zahlt er noch nicht genug an staatlichen Abgaben, denn sonst würde jeder Einzelne sich schon längst dagegen gewehrt haben. Oder ist der in Deutschland lebende Steuerzahler nur noch ein Werkzeug des Staates, eine Marionette? Gar ein Sklave oder zum lebenden Untoten verkommen? Zwar bekundet jeder insgeheim seinen Unmut über die Politik und deren Macher, die Politiker, aber letztendlich beugen sie sich dennoch nicht gegen diese auf. Der Frust ist groß, und jeder wünscht sich wieder ein wirtschaftliches, lebendiges Deutschland, aber nur die wenigsten tun etwas dafür und stellen sich gegen die politischen Machenschaften.

Wenn sie es schon nicht für sich selbst tun, dann für die nachfolgende Generation, unsere Kinder. Wir dürfen ihnen doch kein Chaos hinterlassen. Kinder sind die Zukunft eines Landes. Auch die unseres Deutschlands.

Inhalt

Stolz, Deutscher zu sein

Darf man eigentlich noch stolz darauf sein, ein Deutscher zu sein?

Angenommen, ein Deutscher ginge in einem T-Shirt durch die Stadt, auf dem eine Deutschlandflagge abgebildet ist: Es würde nicht lange dauern, bis er entweder mit verächtlichen Blicken angesehen oder sogar als Nazi bezeichnet würde. Keiner würde sich jedoch anmaßen, einem Türken, der sein Landessymbol, den Halbmond mit Stern, auf dem Hemd spazieren trägt, antinationalistische Parolen zuzuwerfen – oder irgendjemandem, der anderer Nationalität ist und dies auch zeigen möchte. Ein Deutscher mit Glatze wird im ersten Moment als Skinhead und somit als Nazi eingestuft. Trägt aber ein dunkelfarbiger Mensch eine Glatze, so wird es als modisch und attraktiv angesehen.

Warum lasten die Taten dieses machtbesessenen Menschen aus dem Dritten Reich, der sich selbst zum Führer ernannt hat, immer noch auf unseren Schultern? Es ist wahrlich nicht ruhmreich, was sich das deutsche Volk in dieser Zeit zu Schulden kommen hat lassen, das steht außer Frage. Aber müssen sich die nachfolgenden Generationen, die damit nichts zu tun haben, heute noch dafür verantwortlich fühlen?

Alle Welt spricht mehr denn je über die Verbrechen der Nationalsozialisten, und Deutsche werden schnell als ausländerfeindlich abgestempelt. Doch wären wir wirklich so ausländerfeindlich, würden wir dann zum

Essen in ein griechisches, türkisches oder japanisches Restaurant gehen? Würden wir unseren Urlaub dann nicht viel lieber in heimischen Gebieten verbringen statt in fremden Ländern?

STOLZ®
EHRE®
HEIMAT®

® ist kein eingetragenes Markenzeichen der Faschisten

*Man muss keine Glatze haben,
um sein Land zu lieben*

Darf man also behaupten, stolz zu sein, wenn man in Deutschland geboren wurde?

Ja, denn jeder Mensch sollte einen Bezug zu seiner Abstammung haben! Wir sind ein Volk mit einer jahrhundertealten Kultur. Auch was die deutsche Geschichte der letzten 60 Jahre anbelangt, gibt es keinen Grund, sich zu schämen. Die heutige Generation hat mit dem Dritten Reich nichts zu tun. Andere Völker haben in ihrer Vergangenheit ebenfalls Kriege geführt und einige tun es bis heute.

Wer verschwendet jemals einen Gedanken an den Völkermord an den Armeniern durch die Türken zwischen 1915 und 1923? Damals wurden bis zu 1,5 Millionen Armenier getötet. Oder die Verbrechen an Häftlingen in russischen Arbeitslagern: Durch den kommunistischen Staatsapparat wurden zwischen 1917 und 1953 in sowjetischen Zwangsarbeitslagern, auch bekannt als Archipel Gulag, mindestens 20 Millionen Menschen getötet. Für die von den Russen begangenen Kriegsverbrechen wurde niemand zur Verantwortung gezogen. Über den Krieg, den Frankreich von 1954 bis 1962 in Algerien führte und dem eine

Million Menschen auch durch Konzentrationslager und Massaker zum Opfer fielen, spricht ebenfalls niemand.

Sollte man jetzt nicht anfangen, unser Selbstbewusstsein zu stärken? Die nachfolgenden Generationen dürfen für das Geschehene nicht mehr verantwortlich gemacht werden!

Es fängt schon in der Politik an: Warum dürfen wir nicht mehr Sitze im EU-Parlament haben als Frankreich? Wir sollten uns wehren gegen Aussagen wie jüngst von einem britischen Radiosender, in dem wir als Adolfs Enkel bezeichnet wurden.

Selbst Politiker bekommen einen Dämpfer aus den eigenen Reihen, wenn sie Sätze verlauten lassen wie: »Wenn wir auf uns nicht stolz sind, wenn wir uns unserer selbst nicht sicher sind, dann werden die anderen an uns unsicher. Wenn wir das Natürlichste der Welt, nämlich den Stolz auf Heimat, Vaterland und Nation, nicht besäßen, wären wir geradezu eine falsche, eine unnatürliche Nation.« In anderen Völkern ist Nationalstolz etwas völlig Selbstverständliches. Es wurde noch nie von der Bevölkerung anderer Länder über den Satz »Ich bin stolz, Engländer, Franzose, Amerikaner, Chinese oder Italiener zu sein!« diskutiert.

Zu Recht wehrte sich ein Politiker empört gegen die Vorhaltungen eines Kollegen: »Ich verbitte mir, dass Sie behaupten, ›stolzer Deutscher‹ bedeute ›Ausländer raus‹!«

Adolfs Enkel?

Unsere Landesführer sollten mit gutem Beispiel vorangehen, indem sie bekräftigen, dass man wieder stolz sein kann.

Unser Land ist durch den Fall der Mauer 1989 größer geworden. Dürfen wir nicht stolz darauf sein, dass wir wieder ein gemeinsames Deutschland haben und nicht an einer Grenze um die Erlaubnis bitten müssen, in den anderen Teil Berlins zu kommen? Dürfen wir uns nicht selbst auf die Schulter klopfen, weil unser Volk plötzlich einen Zusammenhalt entwickelte, als ein Teil des Landes vom Wasser überschwemmt wurde? Oder dass wir tief in die Tasche gegriffen haben, um andere Länder zu unterstützen, die plötzlich von einer Flutwelle heimgesucht wurden. Die ganze Welt war überrascht, als wir vor den Amerikanern vor Ort waren, um zu helfen. Auch ist es nicht leicht, den Aufbau in den neuen Bundesländern zu finanzieren, zumal Westdeutschland diese Gelder selbst gut gebrauchen könnte. Diese Dinge sind es, die uns stolz machen. Wir haben es geschafft, aus der Vergangenheit zu lernen. Wir haben Demokratie nicht nur gepredigt, sondern auch ausgeführt. In Deutschland gibt es keine Verfolgung von Minderheiten mehr, und die Menschen aller Nationalitäten, die hier leben, haben Religionsfreiheit. Dieses Land macht uns stolz! Wir sollten uns dazu bekennen.

Allerdings liegt es an jedem Einzelnen, was er daraus macht. Sei es einer, der aus einem anderen Land zugewandert ist, oder jemand, dessen Familie seit Jahrhunderten hier lebt: Alle, die in Deutschland leben, müssen diesem Land ihren Respekt zeigen und sich seiner würdig erweisen. Wir sind ein Volk, und es ist egal, welche Hautfarbe unsere Bürger haben, solange sie hinter dem Land stehen.

Man darf den Deutschen nicht das Recht absprechen, Stolz zu empfinden auf alles, was gut und schön ist in Deutschland mit all seinen Mitbürgern, auch jenen, die als Fremde zu uns kamen und unser Land bereicherten.

Rechts, links oder geradeaus?

Bei jeder Wahl geben wir unsere Stimmen für die Zeit der Amtsperiode bedingungslos ab, ohne zu wissen, was danach tatsächlich geschieht. Viele haben den Glauben in die Regierung und in die Politik verloren. So gehen immer weniger der jungen Erwachsenen bis 25 Jahre zur Wahl. Nicht, weil sie zu dumm dafür sind. Unter den Jugendlichen gibt es viele, die intelligenter als manche Erwachsene sind. Vielmehr glauben sie, ihre kleine Stimme hätte keine Bedeutung. Denn es sei doch egal, wen man wähle, die Politiker machten doch sowieso was sie wollen. Und diejenigen, die noch wählen gehen, wissen nicht mehr so recht, wem sie ihre Stimme geben sollen. Sie pendeln daher von einer Partei zur anderen. Noch nie gab es so viele verzweifelte und ratlose Mitbürger wie bei den letzten Wahlen.

Da immer weniger Menschen von ihrem Wahlrecht Gebrauch machen, wird die Legitimation der Parlamente immer dünner. Dass viele Bürger ihre demokratischen Grundrechte gering schätzen und sich deshalb nicht an Wahlen beteiligen, zeigt der seit Jahren ansteigende Prozentsatz der Nichtwähler. Dieser Anstieg ist eine viel ernstere Bedrohung für die Demokratie in Deutschland als die radikalen Parteien von links und rechts.

Kurz vor den jeweiligen Wahlen wird dem Bürger mit Sprüchen und Ansprachen klar gemacht, welche Macht er mit seiner Stimme hat. Da gehen dann die verschiedenen Parteien auf Wählerfang oder vielmehr auf Kundenfang. Wie jüngst die Soziale Partei, die den Trend der Zeit erkannte und auf ihrer Internetseite mit kostenlosen SMS für Handys lockte. Aber auch Altbewährtes kommt immer wieder zum Zuge. So versuchen die Parteien mit Plakatsprüchen zu locken:

»Ein moderner Kanzler für ein modernes Land«
»Das Ziel meiner Arbeit? Dass alle Arbeit haben«
»Ein menschliches Deutschland gestalten«
»Identität Deutschlands bewahren«
»Arbeit und Wohlstand für alle«
»Mehr Netto. Mehr Bildung. Mehr Arbeit«
»Mehr Netto für alle, damit sich mehr Menschen unsere Arbeit leisten können«
»Brüder durch Sonne zur Arbeit«
»Auch morgen sicher leben«
»Kriminelle Ausländer raus!«

Laut Gesetz ist Betrug eine Straftat. Das Strafmaß hängt ab von der Schwere des Falles und erstreckt sich von der Geldbuße bis zur Freiheitsstrafe. Was passiert aber, wenn Politiker ihre Wähler betrügen? Wenn sie mit Sätzen wie »Mit uns gibt es keine Steuererhöhung!«, »Wir haben den Haushalt im Griff!« und »Wir senken die Verschuldung!« oder »Ab 2006 keine Neuverschuldung mehr!« ködern und der Wähler später feststellen muss, dass genau das Gegenteil eingetroffen ist? Ist das dann Scheinbetrug? Es scheint nicht so gemeint gewesen zu sein! Und Scheinbetrug ist scheinbar keine Straftat.

So spinnen sie in Zeiten der Wahlen weiter mit ihren Slogans ein Netz, um die Wähler darin zu fangen. Wenn diese dann merken, dass die Parteien ihre Politik immer weniger nach den Interessen der Menschen richten, sondern sie nur brauchen im Kampf um politische Macht, ist es zu spät.

Dass sie ihre Wahlversprechen nicht halten, ist offenbar egal. Es hat den Anschein, dass für die Politiker das Prestige ihres Landes wichtiger ist als die Bedürfnisse seiner Bürger. Zwar suchen sie nach Wegen zur Finanzierung der sozialen Probleme und klagen über angeblich leere Kassen, können aber im gleichem Zuge für Milliarden Steuergelder Gebäude errichten, Umzüge sponsern und nebenbei noch Kredite vergeben, über die die ganze Welt staunt. Politik ist somit die Kunst, den Bürgern die Unausweichlichkeit der Verschlechterungen zu vermitteln, die sie ihnen antut. Es soll also niemand daherkommen und sagen, dass Politik ein einfaches Geschäft sei. Dabei merken sie nicht, dass sie unglaubwürdig werden und sich lächerlich machen. Es ist gleich, welche Partei unser Land regiert, denn die Politiker wollen nur das eine: Macht. Macht über Gelder und die Steuereinnahmen – auch um sich letztendlich selbst zu bereichern. So wie damals die Kandidatin für das Amt des Bundestagspräsidenten. Sie erhielt für ihre Bewerbungsrede im Reichstag 58,4 Millionen Euro, die sie angeblich für ihre Universität Viadrina/Frankfurt a. d. O, die sie leitete, zur Pflege der deutsch-polnischen Beziehungen benötigte.

Wer also keine Macht hat, hat kein Geld und bleibt auf der Strecke, ob durch die neue Gesundheitsreform, die Steuerreform, Hartz IV, Agenda 2010 oder die Rentenreform. Am Ende kommt meistens das Gegenteil von dem heraus, was zuvor versprochen wurde. Die Leidtragenden sind die nachfolgenden Generationen. So stehen Zehntausende Jugendliche nach ihrem Schulabschluss vor einer ungewissen Zukunft, ohne Ausbildungsplatz und fast immer ohne Aussicht auf eine feste Anstellung danach. Wer keine Möglichkeit zur Finanzierung einer guten Ausbildung oder zur Überbrückung von Zeiten der Arbeitslosigkeit hat, wird zwangsweise in die Armut katapultiert. Auch erwerbslose ältere Menschen, die mit 50 Jahren eigentlich noch jung sind, haben durch die Diskriminierung, die es offiziell in unserem Land nicht gibt, kaum Aussichten auf eine Anstellung. Hartz IV, Agenda 2010, Rentenreform und die ganzen anderen Einschnitte verordnen Armut auf Gesetz.

Da helfen auch keine Sozialwahlen, die alle sechs Jahre anstehen. Im Gegenteil: Der Bürger wird wieder nur an der Nase herumgeführt. Damit die Beitragszahler ein Kontrollinstrument und ein Mitbestimmungsrecht bei den Renten- und Krankenversicherungen haben, wurden 1953 in Deutschland die Sozialwahlen eingeführt. Doch bis heute konnte keiner der 46 Millionen Versicherten einen Nutzen daraus ziehen – und finanziert wird das Ganze mit 50 Millionen Euro jährlich aus ihren Beiträgen. Diese Kosten könnten gespart werden, wenn die Krankenkassen durch ihre Vertreter diese Funktion übernähmen, nachdem diese von Arbeitnehmer- und Arbeitgebervertretern gewählt wurden. Aber auch dies ist eigentlich überflüssig, denn da die Leistungspflicht der Renten- und Krankenversicherer vom Gesetzgeber festgelegt wird, hat der Versicherte sowieso keine Möglichkeit auf eine Mitbestimmung. Man könnte also die rund 31 Millionen Euro für die Wahlkampagne, die alle sechs Jahre anfällt, einsparen.

Um die Arbeitslosenzahl herunterzuschrauben, helfen auch die so genannten Ich-AGs nicht. Denn wo es keine Arbeit gibt, kann man zwar suchen, wird aber nicht fündig werden. Die Regierung wollte mit dieser Art der

Scheinselbstständigkeit die Lage auf dem Arbeitsmarkt verbessern. Eine Ich-AG können Arbeitslose gründen, die eine Geschäftsidee haben. Man kann dann zum Beispiel ein Geschäft eröffnen, eine kleine Umzugsfirma gründen oder ein Café aufmachen. Ein solcher Schritt kostet nicht nur Mut, sondern auch Geld. Meist sind die notwendigen Investitionen höher als die 600 Euro monatlich, die das Arbeitsamt im ersten Jahr dazugibt. Zwar muss man das Geld nicht zurückzahlen, stürzt sich aber oft ungewollt in Schulden. Wer dann keine Aufträge bekommt, muss gezwungenermaßen wieder aufhören und sich im Arbeitsamt einreihen. Glücklich ist, wer mit seiner kleinen AG weniger als 25000 Euro Gewinn im Jahr erwirtschaftet. Denn für ihn zahlt der Staat weiterhin die monatliche Subvention. Wer mehr verdient, dem wird der Existenzgründerzuschuss gestrichen. Die Verlockung, Einkünfte jenseits der 25000 Euro schwarz einzustreichen, ist deshalb für manchen erfolgreichen Neu-Selbstständigen groß. Aber kämpft die Bundesanstalt für Arbeit nicht auch gegen die Schwarzarbeit und Schattenwirtschaft?

Wen wundert es, dass immer mehr Deutsche auswandern? Rund 500000 Menschen verlassen jährlich unser Land, um ihr Leben wieder selbst bestimmen zu können und um eine bessere Lebensqualität zu erhalten. Vor allem die Jüngeren zieht es ins Ausland. Dem deutschen Arbeitsmarkt gehen dadurch Computerspezialisten, Ärzte, Ingenieure und andere hoch qualifizierte Fachkräfte verloren.

So wird unser Land systematisch heruntergewirtschaftet, und es bleibt ein Berg von ungelösten Problemen, die auch eine neu gewählte Regierung nicht bewältigen kann.

Viele treue Wähler glauben zwar, durch die Wahl einer anderen Partei verbessere sich etwas, doch das wird nicht geschehen. Denn auch nach einem Regierungswechsel ändert sich meist nichts Grundlegendes. Dennoch stellen die Politiker ihre Amtszeit als vollen Erfolg hin. Aber wie kann es ein Erfolg sein, wenn zum Beispiel in einem Jahr die Arbeitslosigkeit um neun Prozent steigt? Dass der Anstieg nicht höher ausfiel, wird dann auch noch als »Erfolg im Kampf gegen die Arbeitslosigkeit« hingestellt, so wie die jährlichen Rentenkürzungen eine »Maßnahme zur Rentensicherung« sind. Was verstehen die Politiker dann unter Misserfolg?

Wer Politik gegen die Ärzte und die Apotheker macht, darf sich nicht wundern, wenn die Qualität im Gesundheitswesen weiter abnimmt, und das zum Nachteil der kranken und bedürftigen Menschen. So ziehen kleine Parteien aus dem Unmut der Menschen und ihrer Unzufriedenheit über die Auswirkungen der jetzigen Politik Profit. Plötzlich richtet sich ihr politischer Inhalt nicht mehr gegen die ausländischen Mitbürger, sondern sie umwerben diese als neue Protestwähler. Aus dem Begriff Hartz IV ist eine Formel für Sozialabbau und generellen Unmut geworden, den die Parteien zum Kundenfang nutzen.

Viel schwieriger ist also die Frage, wen man wählen soll, als die, wem man seine Stimme nicht geben sollte. Es ist an der Zeit, dass der einzelne Bürger im Rahmen seiner Möglichkeiten die Initiative ergreift, um Parteien und Regierung zum Handeln zu bewegen. Dies ist aber nur möglich, wenn sich Bürgerinitiativen zu einer so starken außerparlamentarischen Kraft organisieren, dass die Regierung und die Opposition nicht anders können, als auf die Anliegen der Bürger einzugehen und die notwendigen Schritte für einen Weg aus der Krise einzuleiten.

Die staatliche Last Rentner

Es ist noch gar nicht allzu lange her, da hatte man noch Respekt vor älteren Menschen, auch als Rentner bekannt. Wusste und schätzte man doch, was sie in der Nachkriegszeit für den Wiederaufbau geleistet haben. Jetzt aber herrscht ein anderer Krieg: der Krieg der Generationen um die Renten. Bei dieser zukünftigen Auseinandersetzung zwischen den Generationen geht es um die Einkommensunterschiede im Alter und um die Gerechtigkeit bei der Verteilung der Renten. So wird der Rentner von morgen deutlich länger einzahlen müssen, um eine Absicherung auf dem Niveau der heutigen Sozialhilfe zu erhalten. Aber viele der heute Arbeitslosen werden nicht genügend Beitragsjahre lang einzahlen können, um eine ausreichende Rente zu bekommen.

Rentner:
Bald eine staatliche Altlast?

Schon jetzt bekommen etwa 60 Prozent der Rentner nur eine Minimalrente und ein großer Teil lebt unter der Armutsgrenze. Die durchschnittliche Rente in Deutschland beträgt nur 1015 Euro im Monat für Männer und 508 Euro für Frauen. In Zukunft wird es wohl noch deutlich mehr Altersarmut geben.

Wer also während seines Berufslebens nicht in der Lage war, für den Lebensabend vorzusorgen, wird seinen Ruhestand damit verbringen, auf sein Ableben zu warten. Nicht wenige könnten dann in eine Depression verfallen. Sie werden sich fragen, was sie in ihrem Leben geschafft haben und ob das alles ist, was sie noch zu erwarten haben. In Deutschland gibt es im Moment etwa vier Millionen depressive Menschen. Aber ihre Zahl wird in den nächsten Jahrzehnten drastisch ansteigen.

Unserem Land gehen die jungen Menschen, die Einzahler von morgen, aus. Lag 1960 der Anteil der über 60-Jährigen noch bei 17 Prozent, sind es heute 24 Prozent und in 40 Jahren werden es 40 Prozent sein. Die Deutschen bekommen nicht genug Kinder, und die, die schon da sind, haben keine Arbeit. So müssen immer weniger Berufstätige immer mehr Rentner finanzieren. Da hilft auch keine private Zusatzvorsorge. Der Rentner der Zukunft wird ein Ballast für den Staat sein, den er nicht losbekommt.

Man muss aber nicht 40 Jahre oder mehr in die Rentenkasse eingezahlt haben, um eine gute Pension oder Rente zu erhalten. 2,7 Milliarden Euro zahlt die Bundesregierung jährlich an ehemalige DDR-Funktionäre und Mitarbeiter der Staatssicherheit, ohne dass diese nur einen müden Euro bzw. damals eine Mark in die Kassen eingezahlt hätten. Dazu gehören beispielsweise die Ex-First-Lady Margot Honecker (Frau von Staats- und Parteichef Erich Honecker), Stasi-Generaloberst Markus Wolf, SED-Funktionär Günter Schabowski und unzählige Politiker, Professoren, Lehrer, Polizisten und Offiziere der ehemaligen DDR. So erhält ein Stasi-Mitarbeiter mit einer Erwerbslaufbahn von zehn Jahren hauptamtlicher

Stasi-Mitarbeit, 30 Jahren Zivilberuf und Inoffizieller Mitarbeiter des MfS (IM) eine monatliche Rente von circa 1400 Euro. Ein Gegner des damaligen DDR-Systems mit einer anerkannten Verfolgungszeit von 40 Jahren bekommt hingegen nur 620 Euro monatlich. Verbrechen zahlen sich also letztendlich doch aus!

Die Regierung hat Angst, das jetzige Rentensystem umzuformen. In der Schweiz zahlt jeder Arbeitnehmer nur fünf Prozent seines Lohnes in die staatliche Rentenversicherung. Der Arbeitgeber gibt nochmal dasselbe dazu. Zum Vergleich: Bei uns beträgt der Beitrag 19,5 Prozent vom Brutto-Einkommen. Solche niedrigen Beiträge können in der Schweiz deshalb gehalten werden, weil dort auch Selbstständige in die staatliche Rentenkasse einzahlen, egal, ob sie zusätzlich eine private Vorsorge haben oder nicht. Und es gibt keine Beitragsbemessungsgrenze nach oben. Wer viel verdient, der zahlt auch viel ein. Jeder hat aber den gleichen Rentenanspruch von maximal 1410 Euro im Monat.

In Deutschland werden Kinderlose jetzt bestraft, indem sie mehr Beiträge in die gesetzliche Pflegeversicherung einzahlen müssen. Von den Jahrgängen 1940 und jünger betrifft dies etwa eine Million Menschen. Der Rentenversicherung oder vielmehr dem Staat wäre es wahrscheinlich am liebsten, wenn der Rentner an seinem letzten Arbeitstag tot umfällt.

Die Freude auf den wohlverdienten Ruhestand weicht der Sorge, ob der Lebensstandard gehalten werden kann. Ausgenommen sind hiervon die Abgeordneten und Minister in Deutschland, denn die gestalten ihre Altersversorgung besonders großzügig – und dabei zahlen die meisten keine Beiträge in die Kassen. Sollen sie aber ihre Rentenansprüche und ihre Diäten einschränken, ist dies nur unter Druck möglich. Und auch dann sind die Einschnitte kleiner als die in der öffentlichen Altersversorgung.

Die Bezüge und Pensionsansprüche der Politiker bleiben von der Steuerreform nicht nur verschont, sondern werden ohne Skrupel auf astronomische Höhen geschraubt. Die Bezüge des Außenministers erhöhten sich um sage und schreibe 14,7 Prozent, die der Bundesministerin für Gesundheit und Soziale Sicherheit sogar um 22,5 Prozent und die des Kanzlers um acht Prozent. Hinzu kommen noch die ganzen Einkünfte, die die Politiker für Beratungen, Vorstandsposten und andere Schein-Tätigkeiten erhalten, bei denen sie ihren Namen verkaufen. Die Bundestagsabgeordneten bekommen außerdem Beiträge für Sachleistungen von jährlich 7500 Euro. Dafür können sie sich Bürobedarf kaufen und ihre Telefonkosten bezahlen. Außerdem erhalten sie eine monatliche Pauschale von 9729 Euro für die Beschäftigung von Mitarbeitern. Dies ist aber noch lange nicht alles: Mit einer Kostenpauschale von 3551 Euro pro Monat können sie ihre Autos, Büroräume, Reisen oder Zweitwohnungen von der Steuer absetzen.

Da die Bemessungsgrundlage für die Pension das letzte Gehalt ist, erhält zum Beispiel der Bundesminister für Verkehr, Bau- und Wohnungswesen 7880 Euro monatliche Rente. Ein Durchschnittsverdiener müsste dafür 290 Jahre in die gesetzliche Rentenversicherung einzahlen. Der Bundesaußenminister bekommt sogar 9520 Euro, was 318 Beitragsjahren entspricht. Der Bundesfinanzminister, dem das Volk alles zu verdanken hat, kann sich auf sage und schreibe 11556 Euro, entsprechend 445 Beitragsjahren, im Monat freuen. Außerdem können deutsche Politiker schon im Alter von 55 Jahren in Rente gehen.

Den Kopf schütteln kann man nur über den Ex-Bundespräsidenten, der als Vorsitzender der Rentenreformkommission einen guten Teil der Abzocke mit auf den Weg brachte. Er erhält Zeit seines Lebens ein volles Gehalt von 213000 Euro im Jahr, zuzüglich Zulagen, Dienstwagen und persönliches Büro. Ein Bundestagsabgeordneter hat nach acht Jahren einen Anspruch auf Altersversorgung. Der Mindestanspruch nach acht Jahren beträgt aktuell 1682 Euro. Ein Politiker braucht auch nur 23 Jahre, um im Alter von 55 Jahren seine Rente in vollem Umfang geltend machen zu können. Dann hat er auf Lebenszeit eine gesicherte Pension von zurzeit 4836 Euro im Monat.

So bekommt ein Bundestagsabgeordneter monatlich eine gesicherte Rente, obwohl er nie in eine Rentenversicherung eingezahlt hat, selbst wenn er nur auf der Hinterbank saß und keiner im Land seinen Namen kennt. Ein Spitzenverdiener müsste für einen solchen Anspruch 88 Jahre lang einzahlen, ein Durchschnittsverdiener sogar 185 Jahre lang.

Die Renten sind sicher! Zwar nicht die der Steuerzahler, aber die der Politiker.

Abzocke

Warum sollte jemand arbeiten, wenn er für etwas weniger Geld zu Hause bleiben kann?

In Anbetracht der Zahl der Nichterwerbstätigen, im Volksmund auch Arbeitslose genannt, stellt sich wirklich die Frage, ob man noch einer legalen, versteuerten Arbeit nachgehen soll. Der beste Arbeitgeber ist doch der deutsche Staat. Da bekommt man pünktlich zum Monatsende sein »Gehalt« und kann den ganzen Tag seiner eigenen Wege gehen. Man altert nicht so schnell, da man so lange im Bett bleiben kann, wie man möchte, und nicht nach nur ein paar Stunden Schlaf wieder aus diesem herausgerissen wird, um dem täglichen Arbeitstrott nachzugehen. Es ist doch sinnvoller, seinen Tag anderweitig zu nutzen und seinen Interessen nachzugehen. Man kann sich zum Beispiel mit einem Hund vor einen Bahnhof stellen und die Passanten nach einem Euro fragen. Dies sind willkommene Zusatzeinnahmen und auch noch steuerfrei. Beliebt sind auch zusätzliche Einnahmen durch Helfertätigkeiten bei Nachbarn oder Bekannten. Es gibt immer etwas zu tun im Bekanntenkreis. Aus Höflichkeit kann man doch nicht ablehnen, wenn der Nachbar fragt, ob man beim Tapezieren behilflich sein kann. Eine direkte Bezahlung darf zwar wegen der Schwarzarbeit nicht erfolgen, aber er kann ja nach getaner Arbeit eine so genannte Spende locker machen, damit sich der arme Arbeitslose oder Sozialhilfeempfänger, der den ganzen Tag für seinen Nachbarn geopfert hat, auch einmal etwas leisten kann.

Alles war perfekt, bis eines Tages die Medien kamen und Fälle von Sozialhilfeempfängern zeigten, die öffentliche Leistungen missbrauchten. Seit diesem Tage musste man sich in geduckter Haltung in die Leistungsabteilung des Sozialamtes schleichen. Zum Glück für diese Sozialhilfeempfänger wurden die Ämter unter Hartz IV zusammengeschlossen. So können sie jetzt wieder unerkannt ihre Stütze abholen. Denn ihr Geldgeber, der Steuerzahler, kann dadurch die Sozialhilfeempfänger nicht mehr von den Erwerbslosen unterscheiden, die wirklich gewillt sind, eine Arbeit zu finden.

Einige Sozialhilfeempfänger haben es wirklich geschafft, sich auf Kosten der Steuerzahler einen schönen Lenz zu machen. So wie der eine, der auf Staatskosten in Florida lebte und sich den ganzen Tag am Strand sonnte. Der hatte es geschickt angestellt, reiste er doch Anfang der 8oer Jahre mit einem zeitlich unbegrenzten Visum in die USA, um dort zu leben. Zur Behandlung seines Gallenleidens fuhr er regelmäßig nach Deutschland, denn warum sollte er diese Behandlung selbst bezahlen, wenn der deutsche Staat dies schließlich übernimmt. 1990 gründete er in Deutschland einen Versandhandel, den er aber noch im selben Jahr wegen ausbleibender Geschäfte wieder aufgab. Er beantragte daraufhin Hilfe zum Lebensunterhalt für Deutsche im Ausland. Dies begründete er damit, dass er mittellos und erwerbsunfähig sei und keine Unterstützung von Angehörigen und in den USA auch keine Fürsorgeleistungen bekomme. Nachdem ein Gutachten bestätigte, dass er bei einer Rückkehr nach Deutschland suizidgefährdet sei, stimmte das Sozialamt dem Wohnsitz in Florida zu und überwies monatlich 1900 Euro als angemessenen Lebensunterhalt. Zu seinem Pech änderte der Gesetzgeber nach Berichten über den Missbrauch von Sozialleistungen die Voraussetzungen, unter denen Deutsche im Ausland Sozialhilfe erhalten können. Zwar klagte der in Florida lebende Mann am deutschen Gerichtshof, dieser lehnte jedoch den Antrag des Klägers, die Hilfeleistungen wieder aufzunehmen, ab. Da das Sozialamt jetzt für Bedürftige nur dann Sozialhilfe zahlt, wenn sie in Deutschland leben, wird er aus Florida nach Deutschland zurückkehren und Altersrente beantragen.

Man muss aber nicht ins Ausland, um sich auf Staatskosten ein schönes Leben zu machen. Zwar ist es am Strand am schönsten, doch es geht auch anders. So hatte ein Hilfsbedürftiger zwei Jahre lang vom Sozialamt insgesamt 22000 Euro für seinen Unterhalt bekommen. Dies wäre bis heute so weitergegangen und er hätte gut davon leben können, hätten ihn nicht die Medien angeprangert, das Sozialamt zu betrügen. Es war doch sein Recht, da er ja ohne finanzielle Mittel war. Von seiner Yacht und der Eigentumswohnung, die er dem Amt verschwieg, konnte er sich schließlich keine Scheibe Brot zum Essen abschneiden.

Auch ein Ehepaar, beide 31 Jahre alt, wurde des Missbrauchs von Sozialhilfe angeklagt. Sie hätten dem Sozialamt ihr Vermögen verschwiegen. Da bleibt nur eines: Man stellt sich dumm und verkündet, man hätte nicht gewusst, dass Uhren

Schneller zum Wohlstand durch den Staat

und Schmuck im Gesamtwert von 106000 Euro sowie ein Auto im Wert von 20000 Euro als Vermögen zählen. Ist es denn nicht Bargeld, was man als Vermögen bezeichnet?

Wenn man sich neben der Sozialhilfe eine gut bezahlte Arbeit sucht, bei der man keine steuerlichen Abgaben leisten muss, lassen sich zum Beispiel ein oder mehrere Autos finanzieren, so wie es ein anderer Sozialhilfeempfänger gemacht hat. Er kaufte sich von seinem Unterhalt, den er vom Amt erhielt, drei Autos. Eines davon, 44500 Euro teuer, bezahlte der 31-Jährige bar.

Vielleicht wäre es besser, das Geld vom Sozialamt nicht für Prestigeobjekte auszugeben, so wie ein Ehepaar, das mit seinen vier Kindern Stütze vom Amt erhielt und diese für den Unterhalt eines Ferraris 348 GT und zwei große Autos der Marke Mercedes ausgab. Dann ist es natürlich dumm, wenn die Fahrzeuge bei einer Razzia der Polizei direkt vor der Tür parken. Nun war es ein Leichtes, nach dem Verbleib von den insgesamt 103000 Euro Sozialhilfe zu forschen, die die Gemeinde in den letzten 13 Jahren an das Ehepaar und seine vier Kinder gezahlt hatte. Da half es auch nicht, zu beteuern, dass das Geld rechtmäßig geflossen sei und die Autos Bekannten und Verwandten gehörten. Bei einer Hausdurchsuchung fanden sich außerdem eine mit Brillanten besetzte Uhr im Wert von 11000 Euro sowie weitere Pretiosen. Als eine Überprüfung der Konten erfolgte, stellte sich heraus, dass der Ehemann Immobilien verkaufte und einen S-Klasse-Mercedes selbst bezahlt hatte.

Der Staat will den geschätzten Schaden von über 130 Millionen Euro im Jahr, der durch Sozialleistungsbetrug in Deutschland verursacht wird, reduzieren. Leidtragende der verschärften Gesetze sind diejenigen, die diese Hilfe wirklich benötigen und es nun schwer haben, dies überzeugend darzulegen. Wen wundert es, dass die Politiker aller Parteien nachdrücklich dafür plädieren, dass Sozialhilfeempfänger doch bitte arbeiten sollten, statt sich auf den Staat zu verlassen. Dass viele aber gar nicht arbeiten können, sei es aus gesundheitlichen Gründen oder aufgrund der wirtschaftlichen Lage, wird einfach ignoriert. So sollen Leistungsempfänger, die sich nicht aktiv um Arbeit bemühen, künftig deutlich geringere Unterstützung erhalten. Wer einen zumutbaren Job ablehnt, soll auch keine Sozialhilfe mehr bekommen. Als Maßnahme zur Verringerung des Missbrauchs besuchen Ermittler die Antragsteller unangemeldet und prüfen, ob das Erbetene wirklich gebraucht wird.

Die Zwei-Klassen-Gesellschaft wird immer ausgeprägter und ist bei der momentanen politischen Lage nicht aufzuhalten. Da können noch so viele Menschen auf den Straßen gegen den Sozialabbau demonstrieren. Die Politiker in Berlin nehmen es schulterzuckend zur Kenntnis. Sie werden so weitermachen wie gehabt. Es wäre jedoch wirklich an der Zeit, über den uralten Konflikt zwischen Arm und Reich, über die soziale Ungleichheit und über Umverteilung zu sprechen, denn inzwischen hat die Angst vor dem Absturz in die Armut die Mittelschicht erreicht. Rund eine Million Langzeitarbeitslose gibt es heute, und das werden die armen Alten von morgen sein. Wie viele Menschen in Deutschland arm sind, weiß niemand, weil niemand sie bisher gezählt hat. Denn arm ist nicht nur der Sozialhilfeempfänger oder der Arbeitslose, es gibt auch viele Berufstätige, die mit ihrem geringen Gehalt nicht über die Runden kommen. Armut ist zudem vererbbar: Wer arme Eltern hat, für den ist es weitaus schwieriger, auf der sozialen Leiter nach oben zu klettern. Auch haben Kinder aus armen Familien öfter Schulprobleme und geringere Chancen auf einen höheren Schulabschluss.

Reichtum eine Schande?

Schüler aus armen Familien sind häufiger krank, unkonzentrierter und werden oft weniger gefördert. Viele Eltern können sich keine hochwertigen Lebensmittel leisten und ernähren sich und ihre Kinder deshalb ohne ausreichende Vitaminzufuhr. Um Geld zu sparen werden Nahrungsmittel aus der Konserve verzehrt. Sie nehmen wenig Obst und kaum hochwertiges Fleisch zu sich. Zwar muss in Deutschland niemand verhungern, aber eine gute Ernährung ist für manche zum Luxus geworden. Armut prägt das Leben in der Familie. Kinder sind heute das Armutsrisiko Nummer eins, und dabei sollen sie doch die Zukunft unseres Landes sein.

Die größten Sozialschmarotzer, die sich auf Kosten des Staates und der Bevölkerung bereichern, sind aber Verbände und Organisationen. So wie etwa der Arbeitslosenverband Deutschland. War der Verband bis vor einiger Zeit auf den Montagsdemos noch auf der Seite der Arbeitslosen, so kassiert er heute kräftig am Geschäft mit der Arbeitslosigkeit mit. Der Vorsitzende des Verbandes bezeichnete früher die Ein-Euro-Jobs als »Verschiebebahnhof in die Armut« und bemängelte, dass diese Billigjobs zu »Enteignung, Entmündigung, Arbeitszwang, Erpressung und Diskriminierung der Menschen« führten. Um nicht aus dem Rahmen zu fallen und im Trend der Zeit zu bleiben, ist der Verband nun der Meinung, er müsse etwas mehr Sozialarbeit leisten und ließ prompt selbst Ein-Euro-Jobber zwangsantreten. Mit seinen Beratungsstellen für Erwerbslose mit Landesverbänden in ganz Deutschland verfügt er über eine Lobby. Die Ein-Euro-Jobber verrichten »sinnvolle ehrenamtliche Tätigkeiten« in den verbandseigenen Möbelbörsen, Kleiderkammern und Essensausgaben.

Die Ausbeutung wird aber noch ausgeweitet: So können in Zukunft auch private Unternehmen auf Ein-Euro-Arbeiter zählen. Die Arbeitsplätze müssen dafür nur »zusätzlich« geschaffen werden und »gemeinnützigen Zwecken« dienen. So werden sich in den nächsten Jahren unzählige Betriebe an der Arbeitslosigkeit gesundstoßen. Denn warum soll ein Unternehmer für viel Geld einen Arbeiter beschäftigen, wenn er diesen entlassen und für den Lohn, den er diesem pro Stunde zahlt, einen »Ein-Euro-Jobber« einen ganzen Tag für sich schuften lassen kann?

Asyl oder Ich liebe Deutschland

Immer mehr Staaten treten der EU bei. EU-Bürger können sich innerhalb der Union frei bewegen und brauchen lediglich einen gültigen Personalausweis oder Reisepass für die Einreise in die neuen Mitgliedsstaaten. Zwar werden vom Bundesgrenzschutz weiterhin Personenkontrollen durchgeführt, aber nur in besonderen Fällen verstärkt. Mitgliedsstaaten, die dem Schengener Abkommen unterliegen, führen an den Landesgrenzen keine Personenkontrolle mehr durch.

Das Schengener Abkommen, das von den Mitgliedsstaaten Deutschland, Frankreich, Belgien, Luxemburg und den Niederlanden 1985 in Schengen in Luxemburg unterzeichnet wurde, sieht den schrittweisen Abbau der Personenkontrollen an den Binnengrenzen zwischen den Vertragsparteien vor. Und es kommen weitere hinzu. Sind es heute bereits die Staaten Dänemark, Finnland, Griechenland, Italien, Island, Norwegen, Österreich, Portugal, Schweden und Spanien, so werden es morgen Estland, Lettland, Litauen, Malta, Polen, Slowakei, Slowenien, Tschechien, Ungarn und Zypern und übermorgen dann vielleicht die Türkei, Bulgarien, Kroatien, Ukraine und Rumänien sein. Durch die EU-Erweiterung gehören die neuen Mitgliedsländer zum EU-Binnenmarkt, und es entfallen dadurch Warenkontrollen an der deutschen Grenze. Trotz der weiterhin geltenden Einfuhrverbote von z. B. Waffen, Betäubungsmitteln oder nicht versteuertem Tabak weitet sich der Schmuggel von diesen Waren aus. Auch fällt es orga-

nisierten Banden leichter, Menschenhandel sowie Kinder-
prostitution und somit Kindesmissbrauch zu betreiben.

Zu allem Übel möchten die Politiker jetzt auch noch
eine Ausweitung des Zuwanderungsgesetzes und setzen
damit die Sicherheit in unserem Land weiter aufs Spiel.
Der deutsche Verfassungsschutz kam im Jahr 2003 zu
dem Ergebnis, dass ausländische Extremisten, insbesondere Islamisten, eine zunehmende Gefahr für die innere
Sicherheit in Deutschland darstellen. Es würde zu einer
unbegrenzten und unkontrollierbaren Zuwanderung
kommen, die die Integrationsmöglichkeiten unseres
Landes überschreitet. Über 80 Prozent der deutschen
Bevölkerung wollen aber gar keine Ausweitung der Zuwanderung, sondern plädieren für bessere Integration
der schon in Deutschland lebenden Ausländer.

Aber wie immer werden die Bürger, die das überzo-
gene soziale System, das die Regierungen in den letzten
Jahrzehnten geschaffen haben, in ihrer Verantwortung
für sich selbst teilweise entmündigte, nicht gefragt. Nur
gut zwei Drittel der jungen Ausländer wollen sich einbür-
gern lassen. Das restliche Drittel zeigt wiederum selbst
einen Mangel an Integrationsbereitschaft und will, wie
auch viele der Einbürgerungswilligen, durch die doppelte
Staatsbürgerschaft zwar mehr Rechte, ohne sich aber
Deutschland und den Deutschen verpflichtet zu fühlen.

Die Regierenden wollen den deutschen Arbeitsmarkt
über das geltende Recht hinaus für ausländische Arbeitnehmer aus Nicht-EU-Staaten öffnen. Damit wäre auch
eine Zuwanderung ohne Nachweis eines konkreten Ar-
beitsplatzes möglich. Dies ist angesichts einer Zahl von
über fünf Millionen Arbeitslosen, und das mit steigender
Tendenz, unverantwortlich. Schon jetzt hat sich der Anteil

an ausländischen Arbeitslosen in den letzten zehn Jahren verdoppelt. Darüber hinaus beträgt der Anteil der ausländischen Sozialhilfeempfänger das Dreifache ihres Anteils an der Bevölkerung. Selbst ein Sprecher des Türkischen Bundes äußerte zur Zahl seiner Landsleute in der deutschen Hauptstadt, dass die kritische Masse erreicht sei. Die weitere Zuwanderung in die westlichen Wohlfahrtsstaaten könnte neben den vielen anderen negativen Auswirkungen zur Selbstzerstörung des Sozialstaates führen.

Max Frisch sagte einmal: »Wir haben Gastarbeiter gerufen, und es kamen Menschen.« Zwar sollte diesen Menschen das Recht auf einen dauerhaften Aufenthalt, auf Familienleben und auf ihre eigene Lebensgestaltung zugestanden werden, aber entspricht dies der Bedeutung »Gastarbeit«? Multikulturell soll Deutschland durch die Einwanderer sein. Aber erwartet man von Einwanderern nicht, dass sie sich den Gepflogenheiten eines Landes anpassen und sich respektvoll benehmen? So wie in den USA zum Beispiel: Aus deren Einwanderern bildete sich sehr schnell eine Nation, die ihre staatliche Einheit wahrt und verteidigt und die sehr selbstbewusst nationale Interessenpolitik betreibt. Die USA verlangen ihren Einwohnern ein beachtliches Maß an kultureller und politischer Homogenität ab, eine unbegrenzte Zuwanderung ist nicht gestattet. So muss auch Deutschland die nationale Verpflichtung gegenüber seinem Volk haben, zunächst die Beschäftigungsprobleme seiner eigenen Bürger zu lösen, bevor eine Beschäftigung von außereuropäischen Arbeitnehmern erfolgen kann.

Alt-Bundeskanzler Willy Brandt meinte einmal: »Es ist aber notwendig geworden, dass wir sehr sorgsam überlegen, wo die Aufnahmefähigkeit unserer Gesellschaft erschöpft ist und wo soziale Vernunft und Verantwortung Halt gebieten.« Noch treffender sagte es Ex-Außenminister Hans-Dietrich Genscher: »Wir sind kein Einwanderungsland. Wir können es nach unserer Größe und wegen unserer dichten Besiedlung nicht sein.«

Es ist nicht zu bestreiten, dass die Gewaltbereitschaft gegen Ausländer in Deutschland ein ernstes Problem geworden ist. Doch die Regierung macht nicht sich und die eigene Politik, sondern die Gegner von Multikulti und Zuwanderung verantwortlich. Es wird der Eindruck erweckt, als ob ausländerfeindliche und rechtsextreme Gewalt an der Tagesordnung seien. Laut der bundesdeutschen Kriminalstatistik von 1999 gab es in Deutschland 415000 Straftaten. Darunter fielen Mord, Totschlag, Körperverletzung, Brandstiftung, Sprengstoffverbrechen und Landfriedensbruch. Davon hatten nur 746 Taten einen rechtsextremistischen Hintergrund. 60 Prozent aller Gewaltdelikte gehen auf das Konto von Deutschen und 40 Prozent werden von Ausländern begangen. Das macht vielen Bürgern mittlerweile Sorgen. Und wenn es nach den Politikern geht, sollen noch Millionen Ausländer mehr zur Alimentation angelockt werden. Schon jetzt betragen die Kosten für Sozialhilfe, Arbeitslosenhilfe, Infrastrukturbereitstellung und sonstige Zuwendungen für Ausländer im Jahr über 300 Milliarden Euro, die der Steuerzahler in Deutschland erst einmal reinholen muss. Multikulti ist der wohl wichtigste Schuldenposten, der die Bundesrepublik Deutschland mit in die Pleite getrieben hat.

Die Deutschen selbst sind in ihrer Mehrheit gar nicht gegen Ausländer, sondern nur gegen zu viele Ausländer. Deutsche und hier lebende und arbeitende Einwanderer dürfen sich deshalb nicht von den Politikern und den Medien gegeneinander ausspielen lassen. Daher brauchen wir jetzt endlich ein begrenztes Maß an Zuwanderung. Und dafür muss es klare Regeln geben, die für jeden nachvollziehbar sind.

Schon allein der großzügig gestaltete Familiennachzug aus dem türkisch-kurdischen Raum bringt jährlich zwischen 150000 und 250000 Ausländer mehr ins Land. An den Grund- und Hauptschulen der Ballungszentren verzeichnet man zunehmend, dass es die deutschen Kinder sind, die an den Rand gedrängt werden. Nicht umsonst beantragen immer mehr Eltern die Versetzung ihrer Kinder aus solchen »multikulturellen« Schulen. Der Trend zur Ghettobildung ist unübersehbar, erkennbar zum Beispiel daran, dass an den Zeitungskiosken in manchen Siedlungen keine einzige Publikation in deutscher Sprache ausliegt, oder an den Satellitenschüsseln auf den Häusern, die auf den Empfang der heimatlichen Sender ausgerichtet sind. Da dürfte es schwer sein, von Integration zu sprechen.

Das Asyl-, Aufenthalts- und Einwanderungsgesetz in Deutschland führt gegenwärtig zu einer unüberschaubaren Zahl von Zuwanderern. Darunter sind nicht wenige, die kein wirkliches Recht auf Asyl wegen politischer Verfolgung haben. Dadurch werden unsere staatlichen Sozialbudgets ungerechtfertigt belastet. Daran nicht unbeteiligt sind die Idealisten, die durch Medienaktionen und Kirchenasyl die Rückführung von Asylsuchenden verhindern. So sorgen sie dafür, sei es ungewollt oder unwissend, dass den kriminellen Banden die Kundschaft erhalten bleibt und sie von uns das nötige Kapital bekommen, um neben den Menschen auch illegale Dinge wie Rauschgift einzuschleusen und die damit verbundene Kriminalität in unserem Land zu verursachen.

Es kann nicht im Sinne eines Landes sein, dass kriminelle Asylwerber, die eine Straftat begangen haben und gegen die eine polizeiliche Anzeige vorliegt, weiterhin von Steuergeldern unterhalten werden.

Um einen Anspruch auf Asyl zu erhalten, wird oft jahrelang durch alle Instanzen prozessiert. Für Scheinasylanten ist das ohne jedes Risiko, denn der Staat finanziert neben den Prozesskosten auch den Lebensunterhalt. So bekommt zum Beispiel eine zehnköpfige Familie, die auf die Genehmigung ihres Asylantrags wartet, etwa 4000 Euro im Monat.

Und der Dank dafür? Viele dieser illegalen Asylanten werden auch noch kriminell. So wie die Kinder der kurz vor der Abschiebung untergetauchten Familie, von der die Medien berichteten. Ein Sohn, 26 Jahre alt, beging 62 Straftaten und wurde aus Deutschland ausgewiesen. Sein 15-jähriger Bruder kann 50 Straftaten vorweisen und sitzt in Abschiebehaft. Nach einem weiteren Bruder im Alter von 16 Jahren wird wegen stolzen 82 Straftaten wie Raub, Erpressung, Diebstahl und Hehlerei gefahndet. Er gilt bei der Polizei als gewalttätig.

Wie der Vater, so der Sohn: Einem türkischen Familienvater konnten 12 Straftaten nachgewiesen werden, und seinem Sohn bis 1997 fast 200 Delikte. Beide wurden bis zur letzten Straftat immer wieder auf freien Fuß gesetzt.

So sollen allein in den letzten fünf Jahren ausländische Strafgefangene und Untersuchungshäftlinge in deutschen Justizvollzugsanstalten den Steuerzahler rund 4,5 Milliarden Euro gekostet haben. Und in den letzten fünf Jahren kosteten arbeitslose Ausländer den Staat rund 45 Milliarden Euro. Es kann dem Steuerzahler nicht zugemutet werden, dass ausländische Straftäter hier bleiben. Denn wer sich in unsere Gesellschaft nicht integrieren will, sollte die Rückkehr antreten. Wenn die Regeln innerhalb unserer Kultur von allen anerkannt und beachtet werden, steht der Toleranz nichts im Wege. Diese Zielsetzung ist weder verfassungsfeindlich noch extremistisch.

Die neue Arbeitsagentur – Fluch oder Segen?

Als 1952 die Bundesanstalt für Arbeitsvermittlung und Arbeitslosenversicherung (BAfAA oder BAfAVAV oder auch BAVAV) gegründet wurde, wusste man noch nicht, was in den darauf folgenden Jahren auf die Arbeitslosen zukommen würde. Noch bevor man sich zu sehr an diese unsinnigen Abkürzungen gewöhnt hatte, wurde 1969 die Bundesanstalt für Arbeitsvermittlung und Arbeitslosenversicherung in Bundesanstalt für Arbeit (BA) umbenannt. Was dazu bewegte, mag dahingestellt sein. Zumindest war es einfacher, sich den Namen dieser neuen »Firma« zu merken.

Alles lief wunderbar, bis das Jahr 2004 kam. Findige Politiker und Beamte, die anscheinend an ihrem Schreibtisch die Langeweile überkam, dachten sich, man könnte doch mit dem Einführen eines neuen Gesetzes den Namen der Firma mal wieder ändern. Also beschlossen sie das »Dritte Gesetz für moderne Dienstleistungen am Arbeitsmarkt« und benannten die Bundesanstalt für Arbeit um in Bundesagentur für Arbeit (BA). Anscheinend war dies bitter nötig, denn der Ruf dieser Firma war nicht mehr der beste.

Nehmen wir nur einmal den Skandal um die gefälschten Vermittlungsstatistiken. Wir erinnern uns: Im Februar 2002 beschuldigte der Bundesrechnungshof das damalige Arbeitsamt, Vermittlungszahlen in erheblichem Maße gefälscht zu haben. Bis zu 70 Prozent der

Vermittlungen seien fehlerhaft gebucht worden. Statt der angeblichen 3,8 Millionen Vermittlungen im Jahr hätten in den über 180 deutschen Arbeitsämtern tatsächlich nur 1,2 Millionen Vermittlungen stattgefunden. Aufgeflogen war die Sache durch einen Brief eines Mitarbeiters der Bundesanstalt für Arbeit. Danke an den Mitarbeiter! Was mit ihm danach geschah, ist nicht bekannt. Die einzige Konsequenz daraus war, dass der damalige Chef der Bundesagentur für Arbeit entlassen wurde.

Kurz darauf berief man den Bruder einer bekannten Nachrichtenmoderatorin und Neffe des Vorstandes einer Stiftung in Israel zum neuen Chef der Agentur. Dass dieser nicht besser war als sein Vorgänger, stellte sich bald heraus. Die Medien deckten auf, dass er mit insgesamt fünf Beraterfirmen Vereinbarungen mit anschließenden Verträgen in Höhe von insgesamt 38 Millionen Euro getroffen hatte, die nicht öffentlich ausgeschrieben worden waren. Nachdem ihm außerdem vorgeworfen wurde, er habe versucht, interne Protokolle der Behörde zu verfälschen, wurden ihm seine Entlassungspapiere zugestellt, und er erhielt zusätzlich zu seinem Gehalt von 250000 Euro eine Abfindung von 400000 Euro. Des Weiteren bekommt er durch seine früheren politischen Ämter 8000 Euro monatliche Pension. In Zukunft sollte also ein Arbeiter, der von seiner Firma entlassen wird, auch auf eine Abfindung und lebenslange Rente bestehen!

Die Umstrukturierung allein genügte aber nicht. Um den Plan einer Online-Jobbörse, also eines virtuellen Arbeitsmarktes, zu verwirklichen, wurde auch vor teilweise mafiosen Methoden nicht zurückgeschreckt. Die Agentur sollte unbedingt unter der Domain arbeitsagentur.de zu erreichen sein. Da dieser Name aber schon seit längerem anderweitig vergeben war, wurden schwere Geschütze aufgefahren. In einem Brief wurde der Inhaber der Internetadresse aufgefordert, diese der Agentur zu überlassen, ansonsten müsse er mit einer Klage rechnen. Der Kulanz halber wurde ihm eine Aufwandsentschädigung von 10000 Euro angeboten. Der Inhaber lehnte aber dankend ab und schaltete einen Anwalt ein. Letztendlich ging diese Domain dann doch in die Hand der Agentur für Arbeit über, und es wird gemunkelt, dass sich die Aufwandsentschädigung zwischen 30000 und 100000 Euro belaufen soll. Anklagen kann man den Inhaber dieser Domain dafür nicht. Jeder andere hätte genauso gehandelt, erst recht, wenn man keine Chance hat, gegen solch eine Firma anzukommen. Kurios an der Sache ist, dass die Agentur für Arbeit sich ohne großen Aufwand und ohne Steuergelder zu verschwenden hätte anders entscheiden können. Besitzt sie doch auch die Domains agenturfuerarbeit.de und bundesagentur-fuer-arbeit.de, unter denen die offizielle virtuelle Jobbörse ebenfalls zu erreichen ist. Insgesamt kostete der Auftritt der Agentur im Internet den Steuerzahler 15 Millionen Euro. Dabei ist die Internetseite weder optisch ansprechend noch übersichtlich. Sie sieht eher aus, als sei sie zufällig während des Programmierens entstanden.

Wie planlos diese Agentur handelt, zeigt auch Folgendes: Jeder Arbeitslose erhält irgendwann einmal eine Einladung zu einer Trainingsmaßnahme, die von der Agentur für Arbeit ausgerichtet wird. Nimmt ein Arbeitsloser an diesem Kurs nicht teil, muss er mit einer längeren Sperrzeit des Arbeitslosengeldes bzw. der Unterhaltssicherung rechnen. Eine mehrmalige Sperrzeit führt schließlich zur völligen Streichung der Bezüge.

In manchen Fällen kann dies sicher eine nützliche Maßnahme sein, um wieder Zugang in die Arbeitswelt zu finden. Es gibt aber auch sehr viele unsinnige Maßnahmen, zu denen die Arbeitsuchenden gezwungen werden. So musste ein arbeitsloser Computerspezialist an einem Einführungskurs in Textverarbeitung teilnehmen. Und ein kurz vor der Rente stehender Arbeitsloser wurde zur Teilnahme an einem Bewerbungstraining gezwungen.

Überfüllte Klassenräume, der Statistik wegen

Dabei wird keiner verschont, ob es der Arbeitslose ist, der mit Ende fünfzig nur noch auf seine Rente wartet, Personen, die bereits einen Arbeitsvertrag haben, Alleinerziehende oder Ausländer, die kein Wort deutsch sprechen. Gerade Alleinerziehende werden bevorzugt in den Schulferien dazu verpflichtet, was eine zusätzliche Belastung darstellt. Auch Nebenjobs auf 400-Euro-Basis, die bei der Agentur angemeldet sind, müssen aufgegeben werden mit der Begründung, dass sie der Verfügbarkeit des Arbeitslosen widersprechen würden.

Es mag sein, dass der eine oder andere Kurs wirklich nützlich ist. Aber bei Kursen, in denen bis zu 30 Personen in einen Raum gezwängt werden, der eigentlich für 20 Personen ausgelegt ist, regt sich der Verdacht, dass dies nur zur Verschönerung der Arbeitslosenstatistik geschieht. Denn jeder Teilnehmer an einer solchen Trainingsmaßnahme gilt während dieser Zeit nicht als arbeitslos. Dabei kommt es dann anscheinend nicht auf den Inhalt an, der vermittelt werden soll. Diese 30 Teilnehmer lernen dann an 20 Computern, wie man ins Internet kommt, eine Suchmaschine bedient und eine Jobbörse findet – alles Dinge, die zu 99 Prozent jeder von den Arbeitssuchenden auf der Jagd nach einem Job schon längst getan hat. Da werden zum Beispiel Hinweise gegeben, wie sich die Teilnehmer noch besser und effizienter bewerben und auf sich aufmerksam machen können. Es sind Tipps wie ein Kurzprofil von sich auf ein DIN-A5-Flugblatt zu drucken und es zu verteilen und alle persönlichen Kontakte zur Jobsuche zu nutzen.

Krisensichere Jobs bekommen dadurch aber höchstens die privaten Bildungsträger, die mit der Durchführung dieser Kurse beauftragt werden. Dabei wird jedoch nicht auf die Qualität geachtet, denn der kostengünstigste Bildungsträger erhält den Zuschlag. So werden pro Jahr über 20 Milliarden Euro für teilweise stumpfsinnige Maßnahmen von der Bundesanstalt für Arbeit ausgegeben – Gelder, die vom Beitragszahler finanziert werden.

Dafür gibt es genügend Beispiele: Ein Teilnehmer einer Schulungsmaßnahme zum EDV-Trainer erzählte von den Aufgaben, die die Arbeitsuchenden als Persönlichkeitstraining erledigen sollten, um fit für Bewerbungsgespräche zu werden. Sie mussten über den Alexanderplatz gehen und leere Konservendosen hinter sich herziehen oder willkürlich fremden Leuten an die Nase fassen. Am

Ende der Schulung betrug die Durchfallquote 80 Prozent, und das Ganze kostete die Steuer- und Beitragszahler 9612 Euro pro Teilnehmer.

Ein weiterer Fall erinnert an die Arbeitslager im Krieg. Sechs arbeitslose Facharbeiter, alle aus der Handwerksbranche (Tischler, Schweißer, Schlosser), im Alter zwischen 50 und 55 Jahren wurden in eine Arbeitsbeschaffungsmaßnahme, kurz ABM, gezwungen und mussten einen großen Schulhof pflastern. Wer diese schwere körperliche Arbeit durchhalten würde, hatte am Ende die Aussicht auf einen Hausmeisterposten.

Über einen Mangel an Bürokratie lässt sich dabei nicht klagen. Ein begabter Computerfreak hatte sich für eine Umschulungsmaßnahme als Fachinformatiker beworben. Diese sollte zwei Jahre dauern und im Wechsel zwischen theoretischer Ausbildung und praktischer Anwendung in einem Betrieb erfolgen. Nach dem erfolgreichen Bestehen der Zwischenprüfung vor der IHK wollte dieser Kursteilnehmer die Umschulung im Betrieb weiterführen und füllte ein dafür vorgesehenes Formular aus. Zwei Monate später erhielt er den Bescheid, dass durch den Wechsel in die betriebliche Umschulung die Maßnahme als abgebrochen angesehen werde und somit der Betrieb für seine Ausbildung aufkommen müsse. Außerdem wurde ihm das Arbeitslosengeld gesperrt. Er konnte die Ausbildung nicht fortsetzen, da der Betrieb die Kosten nicht übernahm.

Das Ziel dieser Trainingsmaßnahmen ist scheinbar, die Leute aus dem Leistungsbezug zu drängen, um die Statistiken besser aussehen zu lassen. Durch die Praktika bekommen die Firmen billige Arbeitskräfte. So mussten Teilnehmer beispielsweise schon mal in einer Firma putzen, teils ohne die gesetzlichen Arbeitspausen, oder in einer Molkerei sieben Stunden ohne Pause an einer Maschine arbeiten und Sahne auf Paletten stapeln – und dies alles ohne Bezahlung. Auch soziale Vereine scheuen keine kostenlosen Arbeiter. So betreute ein Teilnehmer zusammen mit einem Zivi eine Behindertengruppe, die im Eintüten von Bettelbriefen angeleitet wurde.

Um den virtuellen Arbeitsmarkt zu verwirklichen, wurden von der Agentur 65 Millionen Euro veranschlagt, was sich aber schnell als zu gering herausstellte. Letztendlich kostete die Realisierung der Online-Jobbörse den Steuerzahler tatsächlich weit über 150 Millionen Euro. Was es gebracht hat, lässt sich an den stetig steigenden Arbeitslosenzahlen sehen. Da kommt einem der Volksmund in den Sinn: Außer Spesen nichts gewesen.

Eine andere kostenintensive Maßnahme war die Einführung des neuen Logos der Agentur, die rund 100000 Euro kostete. Nach rund 35 Jahren sollte das Markenzeichen der jetzigen Agentur aufgefrischt werden, um ein Zeichen für den frischen Wind im Arbeitsamt zu setzen. Die offizielle Aussage dazu lautet: »Das neue Erscheinungsbild bringt einen praktischen Nutzen für unsere Kunden. Sie finden sich besser zurecht. Wir wollen damit in Summe ein klares Signal geben: Die BA öffnet sich, wird zeitgemäßer, sie arbeitet kundenorientiert und wirkungsvoller.«

Die Farbe Rot im Kreis sollte erhalten bleiben, aber einen frischeren, modernen Anstrich bekommen. Dazu kam ein neues Farbleitsystem für Formulare und Anträge, das den Kunden helfen soll, sich leichter zurechtzufinden, sowie eine Neugestaltung für die Broschüren, Merkblätter und Infoschriften. Urteilen Sie selbst:

Es wurde aber auch an die Arbeitslosen selbst gedacht. Um diese geistig fit zu halten, änderte die Agentur ihre Rufnummern schnell mal in ein paar neue. Es wird unterschieden zwischen den Abteilungen für die Empfänger von Arbeitslosengeld und denen für diejenigen Personen, die unter Hartz IV fallen, also Arbeitslosengeld II oder Sozialgeld (ARGE) bekommen. Empfänger von ARGE können jetzt nicht mehr einfach in das Amt spazieren, sondern müssen vorher telefonisch einen Termin vereinbaren. Dazu muss eine Telefonnummer gewählt werden, die aus 15 (!) Ziffern besteht. Schon hier trennt sich die Spreu vom Weizen. Denn nur derjenige, der geistig noch agil ist, kann diese Nummer ohne einen Fehler wählen. Hat man dies geschafft, kann man sich aber noch nicht zu den glücklichen Gewinnern zählen. Anstelle des gewohnten genervten Sachbearbeiters ertönt eine automatische Bandansage. Man muss jetzt hellwach sein, um nicht von dieser monotonen Stimme eingeschläfert zu werden. Glücklich, wer nun Stift und Papier parat hat, denn der Anrufer wird herzlich willkommen geheißen und erfährt, dass sich der Kundenservice bei der Agentur verbessert habe, indem die Rufnummern erweitert wurden. Nach Bekanntgabe der zeitlichen Erreichbarkeit werden diese auch sogleich verkündet. Jetzt heißt es aufgepasst, damit man den Anfangsbuchstaben des eigenen Nachnamens und die dazugehörige 15-stellige Rufnummer nicht überhört. Hat man bis dahin den Faden nicht verloren, wird man noch darauf hingewiesen, dass Termine nur nach telefonischer Absprache vergeben werden. Man sollte sich jedoch nicht irritieren lassen von den angeblich gebührenfreien Servicenummern: Für jeden Anruf unter einer dieser Nummern wird die Gebühr eines Ortsgespräches fällig.

Natürlich muss man nun erneut, nachdem man sich über die angegebenen Öffnungszeiten vergewissert hat, die zugewiesene Rufnummer fehlerfrei wählen.

Jetzt liegt es im Ermessen des Sachbearbeiters der Agentur, den Hörer abzunehmen. Ansonsten muss man sich mit seiner Stimme vom Ansageband zufrieden geben, auf dem er verlauten lässt, dass er nur während der folgenden Öffnungszeiten erreichbar sei. Bestätigt einem der Blick auf die nächste

Zweckentfremdeter Unterricht wegen Unterforderung?

Uhr, dass man während dieser Öffnungszeiten anruft, könnte man jetzt spekulieren, warum der Sachbearbeiter den Hörer nicht abnimmt. Vielleicht ist er oder sie ja in einer Besprechung oder hat einen Arbeitslosen, auch Kunde genannt, bei sich, oder er oder sie ist noch nicht von der Mittagspause zurück, oder er oder sie denkt sich, man solle morgen wieder anrufen. Arbeitslose haben sowieso den ganzen Tag Zeit.

Stattdessen sollte man lieber den Hörer auflegen und die Nummer wählen, die der Sachbearbeiter angegeben hat. Auch wieder 15-stellig, nur an den letzten drei Ziffern zu unterscheiden. Meist wird man erneut von einer Ansage enttäuscht und entweder auf die Öffnungszeiten hingewiesen oder aufgefordert, es zu einem anderen

Zeitpunkt zu versuchen, da alle Berater in einem Gespräch oder anderweitig beschäftigt seien. Jetzt heißt es also Kampfgeist zeigen und wählen, wählen, wählen. Vielleicht werden die Kosten für die Anrufe von der Agentur bezuschusst. Fragen sollte man auf jeden Fall, wenn man Glück hat und die Chance auf einen Termin zur Vorsprache bekommt.

Die Währungslüge

Die Diskussion um den »Teuro«, zusammengesetzt aus teuer und Euro, ist den Medien wohl keine Erwähnung mehr wert und somit weitgehend aus der Öffentlichkeit verschwunden. Nach anfänglich lebhaften Berichten, Meinungsbildern und Reportagen ist über den »Teuro« großes Schweigen ausgebrochen. Die Bevölkerung hat den preislichen Anstieg vor allem in der Gastronomie, bei Lebensmitteln oder im Dienstleistungsbereich anscheinend hingenommen oder vergessen.

Seit Januar 2002 zahlen wir unsere Güter und Leistungen mit dem Euro. Und wir werden noch immer den Eindruck nicht los, dass alles teurer geworden ist. Unser Gefühl für faire Preise ist dahin, noch immer rechnen viele Bürger um in D-Mark. Dabei möchten die Regierenden dem Volk

Euro bringt Geschäftsideen

weismachen, dass mit dem Euro keineswegs alles teurer geworden sei. So sollen offizielle Statistiken über Inflationsraten und Preisindizes keine überdurchschnittlichen Preissteigerungen durch den Euro propagieren.

Zu DM-Zeiten konnte man morgens noch gern frische Brötchen beim Bäcker holen und im Supermarkt ein paar Tafeln Schokolade mehr einpacken. Abends im Restaurant gönnte man sich zum Essen ein paar Bierchen. Dies alles ist heute nicht mehr so häufig möglich. Viele mussten durch den Euro ihre Ernährungs- und Lebensgewohnheiten umstellen. Fleisch mit Kartoffeln und Salat sind am eigenen Herd einfach billiger.

*Die Preise sind
wie früher*

Glücklich schätzen kann sich auch, wer eine Glatze hat oder einen Millimeterschnitt, den er in Eigenarbeit mit dem Rasierer selbst machen kann, denn der Gang zum Frisör kann ziemlich teuer werden. Kinokarten sind Luxus geworden und die Bierchen abends in der Kneipe müssen eventuell auch reduziert werden. Vor allem bei Dienstleistungen und in der Gastronomie wurde kräftig zugelangt. Da gab es nach der Währungsumstellung große Preisanstiege, die bis heute nicht zurückgenommen wurden. Bei Frisören, Reinigungen, Kinos, Restaurants, Kneipen und Lebensmitteln war teilweise ein enormer

Preiszuwachs zu verzeichnen. So kosteten in einem Frisörsalon in Freiburg Waschen und Legen für Damen früher 17 Mark und heute 16,50 Euro. Das ist ein Preisanstieg um 90 Prozent. Eine Kugel Eis kostete kurz vor der Umstellung auf den Euro noch eine Mark und danach bis zu einem Euro. Deutlich zu spüren ist die Preissteigerung nicht zuletzt auch bei den Benzinpreisen. Und während früher 20 DM für einen gemütlichen Kneipenabend genügten, ist man jetzt schnell mit 20 Euro dabei.

Man hat oft das Gefühl, dass das Währungszeichen einfach ersetzt wurde. So kostete früher eine Kutschfahrt auf einer deutschen Insel 11 DM, heute sind 11 Euro fällig. Das Eurozeichen wurde einfach überklebt. Auf vielen Wochenmärkten, z. B. in Bo-

Nicht alles ist teurer geworden

chum, kosten heute 20 Eier und 5 Kilogramm Kartoffeln zusammen 9 Euro. Das sind umgerechnet 17,63 DM. Da werden Grundnahrungsmittel schnell zum Luxusprodukt. Aber für viele Geschäftsleute war es wohl verlockend, die DM-Preise einfach in Euro umzuwandeln, in der Hoffnung, dass es der Kunde nicht merken würde. So wurde eine einfache Salatgurke für 0,49 DM nicht in 0,25 Euro umgerechnet, sondern zum Luxuslebensmittel mit einem Preis zwischen 0,79 und 0,99 Euro erkoren. Das sind satte 150 Prozent Preissteigerung. Dabei sind die Gehälter und Löhne korrekt nach Kurs berechnet worden. Da es immer mehr Arbeitslose bzw. Leute mit wenig Geld gibt, ist das Problem noch gravierender und ein Grund für die allgemeine Kaufzurückhaltung.

Auch mit dem Preisgefühl der Kunden wird ein dickes Geschäft gemacht. Zum Beispiel wird Butter für 99 Cent angeboten, da dies durch den psychologischen Effekt billiger erscheint als Butter für einen Euro. Deshalb enden im Lebensmittelhandel 70 Prozent der Preise auf die Ziffer 9. Tatsache ist, dass die gewohnte und geliebte D-Mark für viele noch eine große Rolle spielt und Preise im Kopf noch immer in DM umgerechnet werden. Das Statistische Bundesamt will die Bevölkerung zwar glauben machen, dass es zu keiner nennenswerten Teuerung gekommen sei, dies aber ist eine Behauptung, die unserem Gefühl bei jedem Einkauf widerspricht. Zumal auch der Geldbeutel etwas anderes sagt.

Deutsch Sprach schwer

Am Anfang war das Wort!

Durch die neue Rechtschreibung, die jetzt auch verbindlich an den Schulen gelten soll, erhoffte man sich Ordnung und Klarheit. Doch was folgte, waren reines Chaos und Verwirrung. Wen wundert es, dass bis heute ein Großteil der Bevölkerung, vor allem die älteren Menschen, die neue Rechtschreibung ablehnt? Dabei wird auch noch behauptet, die Leser würden es überhaupt nicht bemerken, ob ein Buch in alter oder in neuer Schreibweise gedruckt ist, und dies ist eine Unverschämtheit den Lesern gegenüber.

Davon abgesehen wird man immer öfter mit orthographisch verstümmelten Sätzen konfrontiert. Gerade unter den Jugendlichen ist dies eine bevorzugte Methode, sich schnell auszudrücken. Für ältere Mitmenschen sind die abgehackten Sätze, mit denen sie ihre Gedankengänge formulieren, nicht nachzuvollziehen. Anscheinend werden die Gehirnzellen nicht mehr angeregt, denn wie sonst soll man sich diese verbale Faulheit erklären? Um einen vollständigen Satz zu

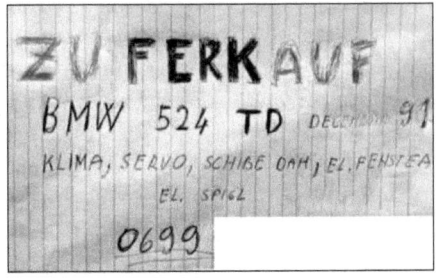

Findet nur in bestimmten Kreisen einen Käufer

bilden, ist erst einmal die Bildung des Satzes im Kopf erforderlich.

Diese Sprache nennen sie voller Stolz »Kanak Sprak« oder »Kanakisch«. Das hat nichts mit Ausländerfeindlichkeit zu tun, denn das Wort »Kanake« kommt ursprünglich aus Hawaii und bedeutet dort »Mensch«. In Deutschland wurde es zum Schimpfwort für Ausländer missbraucht, wobei sich die Deutschtürken der zweiten und dritten Generation heute stolz selber so nennen. Türkendeutsch nannte man es früher, aber diese Benennung hatte einen deutlich negativen Beigeschmack. Erfunden oder vielmehr kreiert wurde diese Sprache von den in Deutschland aufgewachsenen türkischstämmigen Jugendlichen. Beängstigend ist jedoch, dass es sich bei der deutsch-türkischen Mischsprache zwar um eine sehr reduzierte Ausdrucksform handelt, die aber keineswegs nur eine vorübergehende Mode ist, sondern sich auf die nächsten Generationen vererbt. Beunruhigend ist auch, dass diese Sprache jeden anstecken kann, sei es bewusst oder im Unbewussten. Dazu tragen besonders die Medien in Werbeanzeigen oder Komiker, die im türkisch-deutschen Stil ihre Kalauer an das Volk bringen, bei. Man erwischt sich eines Tages selbst bei einem Ausdruck wie »Guckst du hier« anstelle eines ausgereiften Satzes. Ob allerdings ein in der Türkei lebender Türke eine ebenso große Freude an einem Deutschtürkisch hätte, welches seine Muttersprache derart lächerlich macht, ist doch fraglich.

Was sich durch das Sprechen äußert, findet sich auch in der Schreibweise wieder. Viele Jugendliche schreiben heute schon so, wie sie sprechen. Denn wie soll man sich schriftlich ausdrücken, wenn man sich nicht einmal mündlich richtig artikulieren kann.

Bei einem Wortschatz wie dem »kanakischen« ist dies auch schwer zu realisieren. Bestehend aus rund einem Drittel Kraftausdrücken, die aus dem Fäkal- und Sexualbereich stammen, einem weiteren Drittel, das sich auf Automarken und deren Modelle bezieht, sowie einem rudimentären Rest, lässt sich daraus keine vernünftige Schreibweise ableiten. Die Wörter »Bitte« und »Danke« kommen darin überhaupt nicht mehr vor und werden daher eines Tages in der deutschen Sprache vielleicht ausgestorben sein.

Momentan sind Übersetzungen von alten deutschen Märchen in das Kanakische im Trend. Zum Beispiel das Märchen »Schneewittchen«: »Es war ma ein krass geile alte Tuss, dem hatte Stiefkind. Dem alte Tuss hat immern in sein Spiegeln geguckt un den angelabert: ›Spiegeln, Spiegeln an scheissndreck Wand, wem is dem geilste Tuss in Land?‹ ›Du selbern, isch schwör!‹, hat dem Spiegeln gesagt. Un weil dem Spiegeln geschwört hat, hat dem dem geglaubt. Abern an eim Tag hat dem scheissndreck Spiegeln gesagt, dass dem Stieftochthern geilern is. Dem alte Tuss hat eim Typ angelabert un hat gesagt: ›Fahr mit dem Arschnloch-Balg in Wald un stesch dem ab, Alder!‹ Dem Typ hat dem net gemacht, sondern hat dem Balg nur aus Auto geschmeisst. Dann is dem Balg losgelatscht un hat eim susse Haus gesehn un is rein un hat da gepennt. An abend sin dem siebn krasse Swerge gekommen, wo dem Haus gehört un ham gesagt: ›Geil, Alder, was fur oberngeile Tuss, kuck ma wie geil dem aussieht.‹ Dem hat am nächstem Morgen dem Tuss gesagt, dass dem da bleiben kann, weil dem obernkrass geil aussieht! Dann sin auf Arbeit gefahrt. Da kam alte Tuss an Haus vorbei un hat dem Balg eim krass genmanipulierte Apfeln gegeben. Dem hat dem gegessen un is tot umgefallt, isch schwör! Als dem Swergen von Arbeit gekommen sin, ham die dem Balg in 3ern Cabrio geschmeisst un sin Klinik gefahrt. Weil dem Swergen geheizt sin wie Arschlöchern, is dem Balg krass schlecht geworden un hat korreckt auf Ledersitze gekotzt, Alder! Un isch schwör, dem hat wieder gelebt.«

Auch wird unsere Sprache durch die Globalisierung immer mehr durch das Englische ersetzt. Politische, kulturelle und technische Einflüsse dringen in unseren Sprachgebrauch ein. Manche sehen dies zwar als eine Bereicherung, aber die zunehmende englischsprachige Einwirkung kann zur Gefahr für unsere deutsche Sprache und Kultur werden. So wurden aus dem Spielzeugladen der »Toys Shop« oder aus den Veranstaltungen die »Events«. Selbst in Stellenanzeigen ist der Hauswart, Haustechniker oder Hausmeister zum »Facility Manager« aufgestiegen. Zwar hat er dadurch keine Managementschule besucht, aber es klingt wichtiger. Sprachwissenschaftler glauben, dass Englisch bereits in ein paar Generationen die deutsche Sprache dominieren wird.

Immer noch geachtet:
der Hausmeister/-wart

Eine Universität hat kürzlich 2500 Werbesprüche aus fünf Jahrzehnten untersucht. Sie kam zu dem Ergebnis, dass in den 80er Jahren die Sprüche in der Werbung zu drei Prozent

56

in Englisch, in den 90ern schon zu 18 Prozent und seit 2000 bereits zu 30 Prozent in englischer Sprache waren.

Englisch hat in den letzten Jahrzehnten in immer größerem Maße die deutsche Sprache teilweise verdrängt, vor allem in der Forschung, bei den Naturwissenschaften, in der Medizin, der Technik, bei den Banken, in der Finanz-, Daten- und IT-Welt und bei der höheren Ausbildung. Schon jetzt wird die Kursliteratur für die Ausbildung der akademischen Grade zum überwiegenden Teil in Englisch geschrieben. Auch im Computerbereich hat Englisch schon die dominante Führung übernommen. Und die Tendenz ist stark steigend! Sprachforscher glauben, dass innerhalb der nächsten hundert Jahre Tausende von Sprachen verschwinden werden.

Wer sich davon absetzen möchte, benutzt heutzutage Wörter wie Humankapital, Angebotsoptimierung, Ich-AG, Gotteskrieger, überkapazitäre Mitarbeiter, Kollateralschaden, sozialverträgliches Frühableben, Rentnerschwemme oder ganzheitlich. Obwohl einige Menschen die Bedeutung zum Beispiel des Wortes ganzheitlich nicht kennen, nehmen sie dieses dennoch in ihren Wortschatz auf. Es hört sich wichtig an, und man hebt sich durch seinen Gebrauch vom Rest der weniger redegewandten Bevölkerung ab. Besonders beliebt ist das Wort ganzheitlich bei Astrologen, Esoterikern, Sterbeforschern, Ökologen und Wirtschaftsbossen.

Schließlich lässt sich sagen, dass es die Sprache Deutsch in ihrer Ganzheit in Zukunft ganzheitlich nicht mehr geben wird. Dazu tragen auch die Medien bei, die mit neuen Wortschöpfungen modische Trends schaffen. So bürgerte sich aus einer Golfkriegsberichterstattung der Begriff »intelligente Waffensysteme« ein. Stellt sich die Frage, was dann unintelligente Waffensysteme sind.

Übergewichtige können ihre Fettleibigkeit mit dem Wort »Wohlfühlgewicht« entschuldigen. Mit dem Begriff »Personalentsorgung« werden ehemalige Arbeiter und Angestellte zu Müll abgestempelt. Wer in Armut stirbt, wird zur »Sozialleiche«. Dass Kinder durch das Wort »Humankapital« als Vermögen bezeichnet werden, erinnert doch sehr an die Zeiten der Sklaverei. Die Entlassung von Arbeitnehmern wird heutzutage damit entschuldigt, dass sie »überkapazitäre Mitarbeiter« sind.

Sonderzug nach Pankow

Offiziell begründete die Regierung den Umzug von Bonn nach Berlin folgendermaßen: »Jeder Umzug bedeutet Zäsur. Abschied von Vertrautem, aber auch gespanntes Warten auf das Neue. Jeder, der umzieht, gibt etwas auf und gewinnt gleichzeitig hinzu. Da geht es dem Parlament nicht anders als jeder Familie, die die Koffer packen muss. Der Umzug von Bonn nach Berlin ist weder eine Formsache noch beginnt mit ihm eine neue Ära.«

Man sollte es nicht für möglich halten, dass 660 Abgeordnete im Juni 1991 eine Entscheidung für Millionen Bürger treffen konnten, ohne ihnen jemals die Möglichkeit gegeben zu haben, darüber abzustimmen, ob Berlin wieder die neue deutsche Hauptstadt sein sollte.

Wie dieser Umzug finanziert werden könnte, war zweitrangig. Doch was sollen denn die Steuerzahler noch alles finanzieren? Anscheinend ist Deutschland doch noch ein reiches Land! Was sind schon die 20 Milliarden Euro, die der Umzug bis heute gekostet hat, für ein

Ein Königreich für einen König: der von Deutschland

59

Land mit fast zehn Prozent Arbeitslosen? Es gibt wenig Menschen, die auf Anhieb sagen können, wie viele Nullen eine Milliarde hat. Hätte es denn nicht genügt, erst einmal die neuen Bundesländer wieder auf Vordermann zu bringen und einen Schritt nach dem anderen zu machen, so wie es einem beigebracht wurde?

Ein König braucht ein Königreich oder zumindest ein Schloss, von dem aus er regieren kann. So ließ sich die Regierung nicht lumpen und gab für das Kanzleramt mit seinen 400 Dienern 237 Millionen Euro aus. Das war immer noch billiger als so manch andere Immobilie auf Staatskosten. Erinnern wir uns: Anfang der 80er Jahre beschloss der Bundestag, Abhilfe für die beengten Platzverhältnisse im Abgeordnetenhaus »Langer Eugen« zu schaffen und schrieb einen Architektenwettbewerb aus. Gewonnen hat der Entwurf des Kölner Architekturbüros Joachim Schürmann. Man streitet, ob menschliches Versagen oder die Hochwasserkatastrophe im Dezember 1993 die Ursache für die Schäden an dem Rohbau des als Schürmann-Bau bekannten Gebäudes waren, das für die nächsten Jahre stillgelegt werden musste. 1997 beschloss die Regierung, den abrissreifen Rohbau zu sanieren. Die Gesamtkosten beliefen sich auf sage und schreibe 328 Millionen Euro! Dass dieses Gebäude nicht im Buch der Rekorde auftaucht, ist verwunderlich, denn es ist eines der teuersten Bauwerke der deutschen Nachkriegsgeschichte.

Oder nehmen wir das Paul-Löbe- und das Marie-Elisabeth-Lüders-Haus, deren Kosten die Planung um etwa 1,3 Milliarden Euro überstiegen. Einige Abgeordnete hatten sich beschwert, dass sie ihre Kleidung an den großen Betonflächen im Innern der Gebäude verschmutzt hatten. Daraufhin wurde für 724000 Euro eine hochwertige Lasur aufgebracht. Um einem »möglicherweise unterschiedlichen Erscheinungsbild« der beiden Häuser an der Außenfassade vorzubeugen, wurde diese ebenfalls mit Lasur angestrichen, Kostenpunkt 572000 Euro.

Haus mit vielen Fehlern

Inoffiziell geht man von bis zu 4000 Baumängeln aus, die behoben werden müssen. Neben Beschwerden über fehlerhaften Beton, misslungene Fußböden und nicht schließende Fenster kommen noch eine Unzahl kleinerer Mängel wie Steckdosen ohne Abdeckungen, unfertige Aufzüge, eine hochmoderne, aber nicht angeschlossene Photovoltaikanlage, schlampige Malerarbeiten und undichte Stellen im Dach hinzu.

Natürlich entstanden bei dem Umzug nach Berlin nicht nur Kosten für neue Gebäude. Allein der EDV-Umzug des Parlaments mit den etwa 2000 Computern für die Abgeordneten und die Mitarbeiter der Bundesverwaltung kostete rund 500000 Euro. Darin enthalten ist aber nur der technische Aufwand.

Nebenbei gönnten sich die Abgeordneten für ihre neuen Büros in Berlin Sonderanfertigungen von Designermöbeln für 14000000 Euro.

Hinzu kommen noch die laufenden Kosten, zum Beispiel für notwendige Dienstreisen von Berlin nach Bonn und zurück. 2003 belief sich die Zahl der Dienstreisen allein beim Bundesministerium für Gesundheit und Soziale Sicherung (BMGS) auf rund 2372, die den Steuerzahler über eine Million Euro kosteten.

Dies alleine ist aber noch nicht ausreichend, mussten doch für die zurückgelassenen Dienststellen in Bonn fünf Videokonferenzsysteme installiert werden. Im Gegenzug benötigte man natürlich auch in Berlin selbst Videokonferenzsysteme. Hier wurden gleich sechs davon angeschafft. Der Preis pro System betrug ca. 12500 Euro, zusammen also 137500 Euro. Die Kosten für den damit verbundenen Datenaustausch werden mit 46000 Euro beziffert.

Die Büros der Dienststellen in Bonn kosten jährlich eine Miete von 5300000 Euro. Daneben unterhält das BMGS noch zwei Lagerhallen, die zur Lagerung von Büromöbeln, Büroausstattung und Druckerzeugnissen genutzt werden und deren Miete sich auf 12000 Euro im Jahr beläuft.

Dass Berlin eine schöne Stadt ist, dachten sich anscheinend auch die Obersten des Bundeskriminalamts, kurz BKA. Sie wollten dem Trend »alle nach Berlin« folgen und 2000 Mitarbeiter von Meckenheim und Wiesbaden dorthin verfrachten. Nach Unruhen in den eigenen Reihen wurde der geschätzte 500 bis 900 Millionen Euro teure Umzug erst einmal auf Eis gelegt. Es sei sinnvoller, dieses Geld der Terrorismusbekämpfung oder der längst überfälligen Ausstattung der Polizei mit digitalen Kommunikationsmitteln zugute kommen zu lassen, um Deutschland sicherer zu machen, hieß es. Wahre Worte, die man leider selten hört.

Im Laufe der nächsten Jahre sollen lediglich 500 Mitarbeiter nach Berlin umsiedeln. Dass der Rest irgendwann folgen wird, kann man sich denken.

Als wäre dies nicht schon genug, kommt auch noch der Bundesnachrichtendienst (BND) und fordert gleiches Recht für alle. Es ist geplant, den BND bis zum Jahre 2010 für rund 1,5 Millionen Euro ebenfalls nach Berlin zu verfrachten. Der BND gehöre als Auslandsnachrichtendienst an den Regierungssitz, wird die Entscheidung für den Umzug in die deutsche Hauptstadt verteidigt. Nach dem Ende des Kalten Krieges bestehe eine völlig veränderte Sicherheitslage mit neuen Herausforderungen wie die Bekämpfung des Terrorismus. Deshalb sei dieser Schritt »alternativlos und heute drängender denn je«.

Ach so! Der Terrorismus findet in Zukunft nur noch in Berlin statt und nicht in München oder Frankfurt. Man sollte aber nicht versäumen, dies auch den Terroristen mitzuteilen. Vielleicht hofft der BND, unter den 130000 Türken, 28000 Polen, 14000 Russen und Ukrainern, 14000 Afrikanern, 10000 Amerikanern, 8000 Vietnamesen, 7000 Iranern, 7000 Libanesen oder den vielen Einwohnern ungeklärter Herkunft, die in Berlin leben, einen Terroristen zu finden.

Die Kirche muss mit, denn ohne sie läuft nichts, dachte sich der katholische Militärbischof Johannes Dyba 1998 und forderte, mitsamt seinem Amt, das aus 65 Beschäftigten besteht, von Bonn nach Berlin zu ziehen. Dafür sollten rund 10 Millionen Euro an Steuer- und Kirchensteuergeldern ausgegeben werden, unter anderem für die Sanierung maroder Gebäude für die Berliner Dependance und um den Militärseelsorgern eine geeignete Unterkunft zur Verfügung zu stellen. Als Begründung wurde eine Rechtsgrundlage zitiert. Dort heißt es: »Der Militärbischof errichtet seine Kurie am Sitz der Bundesregierung.«

Da die Bundesregierung jetzt in Berlin zu finden ist, sollte man also meinen, dieser Umzug sei gerechtfertigt. Doch das Militärbischofsamt ist unmittelbar dem Bundesverteidigungsministerium unterstellt und dieses hat seinen ersten Dienstsitz weiterhin in Bonn. Auch die Vertreter des Evangelischen Kirchenamtes für die Bundeswehr, das seinen Sitz in Bonn hat und diesen auch weiterhin dort belässt, sprachen sich gegen die Verlegung des Militärbischofsamtes nach Berlin aus. Selbst die Mitarbeiter der Kirche und kirchliche Gruppen protestierten gegen die Verschwendung von Kirchensteuern und wandten sich Hilfe suchend an den Petitionsausschuss des Deutschen Bundestags. In einem Rechtsgutachten kam man dort zu dem eindeutigen Ergebnis, dass es sich bei dem Umzug nach Berlin nicht um eine innerkirchliche Angelegenheit handle, die sich der Einflussnahme des Staates entzieht. Doch auch das wurde von der katholischen Kirche ignoriert.

Nachfolgend ein Auszug des Schreibens der Oberfinanzdirektion Berlin an das Katholische Militärbischofsamt vom 15. Oktober 1998, (V 321 – B 1807 – 6067), in dem das ganze Projekt genehmigt wird. Um eine bessere Veranschaulichung der Geldbeträge zu erreichen, wurden die DM-Beträge in Euro umgerechnet und in Klammern hinter den jeweiligen Betrag gesetzt.

»Große Baumaßnahme auf der Bundeswehrliegenschaft Am Weidendamm 2/Planckstr. 26–30 in 10117 Berlin; LgKNr.: 732 010 0709 IV-Nr.: 7 95 43 006 00

Sanierung/Umbau für das Katholische Militärbischofsamt (KMBA)

- Prüfung der Bauunterlage gemäß § 24 BHO vom 13.08.1998

...

Gemäß Bezugserlaß überreiche ich Ihnen als Anlage die 1. Ausfertigung der Bauunterlage vom 13.08.1998 für die o. g. Baumaßnahme mit der Bitte um Kenntnisnahme.

Nach baufachlicher und wirtschaftlicher Prüfung habe ich weisungsgemäß die Bauunterlage genehmigt und die Kosten auf 19765000,00 DM (10105684,03 Euro) festgesetzt.

Die 2. Ausfertigung der genehmigten Bauunterlage habe ich dem Katholischen Militärbischofsamt übersandt.

Im Rahmen des Regierungsumzugs ist es erforderlich, die Kurie des Katholischen Militärbischofs von Bonn nach Berlin zu verlegen und dazu die Liegenschaften am Weidendamm 2/Planckstr. 26–30 für diesen Zweck herzurichten.

In der Vereinbarung vom 03.06./09.06.1998 zwischen dem BMVg und der Kurie über Nutzung, Ausbau und Betrieb wurde festgelegt, dass die o. a. bundeseigene Liegenschaft dafür im dienstlich erforderlichen Umfang und Ausbaustandard auf Dauer der Kurie zur Verfügung gestellt wird. Der dienstlich erforderliche Umfang und Ausbaustandard wurde in einer Ressortverhandlung einvernehmlich mit 1925 m^2 herzurichtender Hauptnutzfläche und einer Kostenobergrenze von 10 Mio. DM (5,1 Mio. Euro) festgeschrieben.

In der vorliegenden Bauunterlage wurde den Wünschen der Kurie entsprechend die bauliche Herrichtung über den dienstlichen Bedarf hinaus mit einem höheren Ausbaustandard und Rekonstruktion der ehemaligen Gebäudehülle vorgesehen. Ebenso wurde dem Ausbau des Dachgeschosses und dem Bau der Tiefgarage unter dem Innenhof zugestimmt, da alle Kosten der Um- und Ausbaumaßnahmen, die die Kostenobergrenze von 10 Mio. DM (5,1 Mio. Euro) übersteigen, von der Kurie übernommen werden. Außerdem übernimmt die Kurie für die Dauer der Nutzung die Kosten der Bauunterhaltung und des Betriebes der Tiefgarage sowie der Räume im Dachgeschoß des Gebäudes.

Aus diesen Gründen wurden keine Veränderungen bzw. keine Korrekturen an den angesetzten Einheitspreisen und Mengen der Kostenermittlung sowie am Ausstattungsstandard vorgenommen.

Gemäß Bauunterlage werden nicht nur die genehmigten 1925 m² HNF, sondern das Gesamtgebäude mit 3862 m² NF hergerichtet. Die Außengestaltung des Gebäudes orientiert sich mit dem Neubau von Türmchen, Treppengiebel und Dachgauben am ursprünglichen Zustand. Die Ausstattung der Büroräume mit Parkettfußboden und Eichentüren sowie das Verkleiden der Wände der WCs, Putzräume und Teeküchen mit raumhohen Fliesen liegt weit über dem Standard vergleichbarer Bundesbauten.

Trotz dieses erhöhten Ausbaustandards liegen die Herrichtungskosten mit 3814 DM/m² (1950 Euro) NF (ohne Tiefgarage und Außenanlagen) in einem mit vergleichbaren Objekten annehmbaren Kostenrahmen, da innerhalb der Gesamtsumme von 19765000 DM (10105684 Euro) die Kosten für die Architekten- und In-

genieurleistungen in Höhe von 3165000 DM (1618000 Euro) und für die Erstausstattung in Höhe von rd. 1114000 DM (570000 Euro) enthalten sind.«

Im September 2000 wurde das neue Gebäude des Militärbischofsamtes in Berlin ohne großes Aufsehen eröffnet.

Erst Anfang der 90er Jahre waren für die Sanierung des Dienstgebäudes in Bonn, für das jetzt keine Verwendung mehr besteht, rund 770000 Euro aus Steuermitteln ausgegeben worden.

Nicht nur die katholische Kirche verschwendet skrupellos Steuergelder. Wie mit unserer Kirchensteuer umgegangen wird, zeigt auch eine unentschuldbare Werbeaktion der evangelischen Kirche. 1998 versuchte diese, mit Hilfe von Anzeigen und Plakaten sowie

Steuerverschwendung ohne Worte

der Präsenz so genannter Kircheneintrittsstellen Christen für sich zu gewinnen. Vier Wochen lang dauerte die 255000 Euro teure Aktion, mit der Bürger zu einem Neu- oder Wiedereintritt in die evangelische Kirche bewegt werden sollten. Ganze 300 Frauen und Männer konnten durch diese Kampagne geworben werden. Wie viele hungernde Kinder man mit diesem Geld hätte ernähren können, sei dahingestellt.

Wen wundert es da, dass jährlich rund 300000 Menschen aus der Kirche austreten, weil sie keine Kirchensteuern mehr zahlen möchten. Dass dies aber bald nichts mehr nützt, zeigt ein Urteil des Sozialgerichts Detmold in Nordrhein-Westfalen. Dort wurde die Klage einer arbeitslosen Sekretärin zurückgewiesen, die sich unter Hinweis auf ihre Konfessionslosigkeit gegen Kirchensteuerabzüge des Arbeitsamtes gewehrt hatte. Begründet wurde dies damit, dass, solange die überwiegende Mehrheit der Arbeitnehmer Kirchensteuer zahle, diese als gewöhnlich anfallender Entgeltabzug bei der Berechnung des Arbeitslosengeldes berücksichtigt werden könne.

In Zukunft wird also der einzelne Bürger keine eigene Entscheidung mehr treffen können, ob er Kirchensteuer zahlen möchte oder nicht.

Der Bundesverband der größten gesetzlichen Krankenkasse in Deutschland, der Allgemeinen Ortskrankenkasse (AOK), hat ebenfalls seinen Umzug von Bad Godesberg bei Bonn nach Berlin angekündigt. Den Umzug der 380 Mitarbeiter sollen laut AOK-Verwaltungsrat die Beitragszahler der Kasse finanzieren. So möchte die AOK bis zum Jahreswechsel 2007/2008 ihre Funktionsfähigkeit in Berlin sehen. Die Kosten dafür können noch nicht abgesehen werden, sie sollen sich aber auf mehrere Hundert Millionen Euro belaufen. Initiativen prangern dies als Verschwendung von Mitgliedsbeiträgen an, die lieber in eine bessere Gesundheitsreform investiert werden sollten. Auch die Belegschaft der AOK kritisierte ihren Arbeitgeber scharf. Der Beschluss zum Umzug sei menschenverachtend und gegen die Interessen der Beschäftigten getroffen worden, hieß es. Es werde nur jeder zweite Mitarbeiter nach Berlin mitgehen. Was mit dem Rest geschieht, ist noch ungewiss.

In den nächsten Jahren werden wohl noch andere Krankenkassen ihren Hauptsitz nach Berlin verlagern. So wie auch die Bundesärztekammer (BÄK) und die Kassenärztliche Bundesvereinigung (KBV) im Juni 2004. Der Sitz der obersten Standesvertretung der 291000 praktizierenden Mediziner in Deutschland müsse da sein, wo das Zentrum der deutschen Politik ist. Und das sei nun mal in Berlin. Die beiden Gebäudeteile für die rund 400 Mitarbeiter der Verbände haben eine Gesamtfläche von 30000 Quadratmetern. Das Gebäude der Bundesärztekammer kostete 21,9 Millionen Euro, das der Kassenärztlichen Bundesvereinigung rund 35 Millionen Euro. Viele Mitarbeiter der Organisationen wollten aber nicht nach Berlin umziehen. Sie wurden mit einer Abfindung von insgesamt drei Millionen Euro zurückgelassen.

Noch können wir selbstständig denken und deshalb sollten wir die Politiker zwingen, eine bessere Politik zu machen – zum Wohl des Landes und dessen Bevölkerung.

Volksverdummung Fernsehen

Dass Bildung kostet, weiß man. Aber dass die Verdummung der Bevölkerung auch nicht gerade billig oder gar umsonst ist, beweist die GEZ, die Gebühreneinzugszentrale der öffentlich-rechtlichen Rundfunkanstalten in der Bundesrepublik Deutschland. Die Mitarbeiter dieser Institution sind dazu berufen, Gelder von jedem Bürger, der Fernseh- oder Radioprogramme empfängt, einzutreiben. Wer meint, mit dem Kauf eines Radios oder eines Fernsehers sei es getan, der irrt. Sobald eines dieser Geräte eingeschaltet wird und Funkwellen empfängt, muss der Besitzer bei der GEZ angemeldet sein, sonst macht er sich strafbar. Rundfunkwellen kostenlos zu empfangen ist illegal in unserem Land.

Deshalb schickt die GEZ seit einigen Jahren ihre »Men in Black«, ihre Gebührenbeauftragten, aus, um bundesweit Haushalte zu besuchen, die ihre Geräte nicht angemeldet haben. Aber woher wissen sie, wer welche Geräte sein Eigen nennt? Sind vielleicht in jedem Haushalt Wanzen versteckt oder Apparate, die elektrische Geräte orten?

Weit gefehlt. Die GEZ darf laut Gesetz durch einen Rundfunkgebührenstaatsvertrag (RGebStV) personenbezogene Daten erwerben und nutzen. Sie kauft von kommerziellen Adressenhändlern wie der Deutschen Post oder dem Pay-TV Premiere Datensätze, die Alter, Beruf, finanzielle Situation und besondere Interessen der einzelnen Personen enthalten. Diese Daten vergleicht die

GEZ dann mit ihrer eigenen Datenbank und sieht dadurch, wer wo wohnt und wer noch nicht bei ihr registriert ist. Sämtliche nicht angemeldeten Personen werden dann als potenzielle Schwarzseher und -hörer eingestuft und müssen mit dem Besuch eines GEZ-Mitarbeiters rechnen oder werden angeschrieben.

Vor dem Rundfunkstaatsvertrag hatten diese Mitarbeiter teilweise die Aufgaben eines Schnüfflers, der mitunter auch Altpapiercontainer nach Adressenaufklebern von Fernsehzeitungen durchwühlte oder mit Stasimethoden an der Wohnungstür nach nicht angemeldeten Radio- und Fernsehgeräten forschte. Hatte so ein Geldeintreiber eine Fernsehzeitung mit einer Adresse entdeckt, die sich nicht in der GEZ-Datenbank befand, so konnte der Bewohner gewiss sein, in Zukunft mit Mahnungen und Drohungen überschüttet zu werden. Ist der Geldeintreiber erfolgreich, indem er einen Schwarzseher aufdeckt, so kann er sich seiner Provision sicher sein.

Aber für welche Sender muss überhaupt ein monatlicher Betrag entrichtet werden? Es sind hauptsächlich diejenigen, die schon seit Anbeginn der deutschen Fernsehzeit ihre Sendungen ausstrahlen. Sender wie ARD, Arte, DeutschlandRadio, Hessischer Rundfunk, KiKa, Mitteldeutscher Rundfunk, Norddeutscher Rundfunk, Phoenix, Radio Bremen, Rundfunk Berlin-Brandenburg, Saarländischer Rundfunk, Südwestrundfunk, Westdeutscher Rundfunk, ZDF und 3sat. Anscheinend nehmen diese Sender nicht sehr viel Geld durch Werbung ein, denn warum sonst sollte jeder einen zusätzlichen Betrag dafür zahlen? Bleibt die Frage, wie es die anderen Sender wie Pro 7, MTV, Sat 1, RTL, RTL 2 und sogar der volksverdummende Sender Neun Live schaffen zu überleben.

Rechnen wir es mal aus: Für ein Radio- und Fernsehgerät muss der Nutzer 17,03 Euro im Monat zahlen. Das sind pro Jahr 204,36 Euro. Nehmen wir an, jemand hat seit seinem 18. Lebensjahr eine eigene Wohnung angemietet und einen Fernseher und ein Radio angemeldet. Erreicht derjenige seinen 80. Geburtstag, so hat er 62 Jahre lang Gebühren bezahlt. Dies ergibt einen Gesamtbetrag von 12670 Euro, wohlgemerkt ohne die stetige Gebührenerhöhung. Die GEZ kassierte im Jahr 2003 rund 6,8 Milliarden Euro Gebühren. Wo fließt dieses Geld hin?

Im Zuge der Digitalisierung wird der Fernsehzuschauer in Zukunft noch mehr berappen müssen, denn dann fallen noch Beiträge für zum Beispiel das Kabelfernsehen an.

Macht Fernsehen doch dumm?

Hat die GEZ jemanden einmal im Netz, so ist es fast unmöglich, durch eine Abmeldung wieder herauszukommen, wie folgendes Beispiel zeigt. Die Eltern einer jungen Frau, die ins Ausland gezogen war, erhielten eines Tages einen Brief von der GEZ, adressiert an den Mädchennamen ihrer Tochter. Darin wurde sie aufgefordert, den fälligen Jahresbetrag für die angemeldeten Geräte unverzüglich zu bezahlen, ansonsten müsse sie mit einer Strafe von 1000 Euro rechnen. Als die Frau telefonisch bestätigte, dass sie den Vertrag beim Umzug gekündigt hatte, wurde sie von der Sachbearbeiterin aufgeklärt, bei der jährlichen Zahlungsweise, wie sie zuletzt eingetragen gewesen sei, sei es irrelevant, wie viele Monate davon genutzt würden. Sie hätte dann besser eine dreimonatige Zahlungsweise ankreuzen müssen.

Teuer oder fatal wird es, wenn man bei einem Umzug ins Ausland ganz vergisst, den Vertrag mit der GEZ zu kündigen. Dann sammeln sich im Laufe der Jahre die Gebühren nebst Mahngebühren an und man muss bei einer Einreise am Flughafen mit einer Festnahme rechnen.

Auch dachte man sich bei der GEZ, da sich in fast jedem Haushalt ein Computer mit Internetanschluss befindet, könnte man dafür ja ebenfalls Gebühren verlangen. So muss man in Zukunft auch für diesen einen Betrag entrichten. Somit fließen weitere Millionen Euro in die Kassen der GEZ. Auch die Besitzer von UMTS-Handys sollen nicht verschont bleiben und zusätzlich zu den Telefonkosten eine Gebühr berappen müssen. Die fadenscheinige Begründung: Wegen der hohen Datenübertragungsrate biete UMTS prinzipiell die Möglichkeit, Rundfunk- und Fernsehprogramme zu empfangen.

Zahlt man jetzt brav seine Gebühr an die GEZ, darf man ungezwungen fernsehen. Doch das Niveau von vielen Sendungen ist nicht sehr hoch. Scheinbar gibt es genügend Zuschauer für die banalen Talkshows, in denen sich die Gäste vulgäre Worte an den Kopf werfen, oder für die Comedyserien, bei denen man durch künstlich eingefügte Lacher selbst zum Lachen angeregt werden soll. Anscheinend ist es ein Volkssport geworden, sich über das Leid anderer zu amüsieren, denn weshalb sonst sprießen die Gerichtsserien, in denen einzelne Straffälle nachgespielt werden, wie Pilze aus dem Boden?

Besonders die Kinder leiden unter dem Werteverfall. Sie werden berieselt mit Zeichentrickserien aus dem fernen Japan, die außer Gewalt keinerlei Information für ein heranwachsendes Gehirn geben. Viele Eltern tolerieren, dass ihre Kinder schon im frühen Kindesalter stundenlang vor dem Fernseher sitzen. Anscheinend haben sie dann ihre Ruhe, brauchen sich nicht selbst mit den Kindern zu beschäftigen und können ihren eigenen Bedürfnissen nachgehen. Dabei achten sie nicht darauf, ob der Inhalt der gezeigten Sendung für das Kind angemessen ist. Sie werden teilweise durch die Medien oder Programmzeitschriften beeinflusst, in denen angegeben wird, welche Sendung für welches Alter geeignet ist – unabhängig, ob das Kind dadurch gefördert wird oder nicht. Hauptsache, die Einschaltquote passt! Wenn dann noch der Absatz der sinnlosen Produkte stimmt, für die in den Werbeblöcken geworben wird, sind die Mediengestalter zufrieden. Zufrieden auf Kosten unserer Kinder!

Der unkontrollierte Fernsehkonsum gefährdet auch ihre körperliche Gesundheit. Durch den Verzehr von Süßigkeiten oder Knabbereien und den Bewegungsmangel werden die Kinder immer dicker. Viele leiden bereits an Fettleibigkeit und müssen Krankheiten wie zu hohen Blutdruck, Altersdiabetes, Depressionen oder Gelenkbeschwerden befürchten. Rauchende TV-Helden suggerieren Coolness und verführen zum Nikotinkonsum. Es ist ein hoher Tribut, den unsere Kinder zahlen.

Die Darstellungen im Fernsehen haben eine brutalisierende Wirkung und sind verantwortlich, dass an den

Schulen und in der Öffentlichkeit die Gewaltbereitschaft zunimmt. Selbst die Macher von Nachrichtensendungen oder Dokumentationen haben längst begriffen, dass die Zahl der Zuschauer steigt, wenn Aufnahmen von Leichen und Unfällen gezeigt werden, egal, ob sie zu Zeiten ausgestrahlt werden, an denen Kinder zusehen.

Dank Satellitenempfang können aus dem Ausland Programme zugeschaltet werden, die sich nicht um nationale Gesetze kümmern. So kann man sich aus den benachbarten Ländern Dänemark und Schweden Filme auf den heimischen Fernseher holen, die in puncto sexueller Freizügigkeit nichts offen lassen.

Eigentlich sollten bei jeder TV-Sendung am unteren Bildrand deutliche Warnhinweise eingeblendet werden. Warnhinweise, dass Fernsehen tödlich sein kann, dass es zu Durchblutungsstörungen führen und Impotenz verursachen kann. Am besten wäre es, wenn die Bundesregierung eine TV-Steuer einführt. Dann würden sich die meisten überlegen, wann sie den Fernseher einschalten.

Tatsache ist, dass viele Kinder heute nicht mehr ausreichend rechnen oder richtig schreiben können. Was sie für das wirkliche Leben mitbekommen, orientiert sich an Comics, Computern und Fernsehsendungen. Oft können Jugendliche einfache Testfragen, wie sie schon vor 20 Jahren gestellt wurden, nicht richtig beantworten. Auch sind manche Schüler nicht fähig, sich lange zu konzentrieren. Man könnte annehmen, dass die Schüler, wie sie es schon vom Fernsehen gewohnt sind, nach 20 Minuten eine Werbepause brauchen.

Um die geforderte Zuschauerquote zu erreichen, werden Beiträge in Dokumentationen von den zuständigen Journalisten schon mal reißerisch aufgemacht oder sogar verfälscht. Von einem der Sender wurde 2004 ein Bericht mit dem Titel »Die Streuner-Connection« ausgestrahlt. Darin wurde förmlich dazu aufgerufen, doch einen von den 10000 streunenden, verwahrlosten Hunden aus Griechenland zu importieren. Es wurde aber in keinem Satz erwähnt, dass der griechische Staat die Ausreise der Tiere verhindern möchte, denn dies wäre in seinen Augen ein Makel und würde auf zivilisatorische Mängel hinweisen. Das vereinte Europa kenne keine Quarantäne und ein Impfpass reiche als Einreise-Visum vollkommen aus, hieß es in dem Beitrag weiter. Dass durch den Import aber auch Krankheiten wie Staupe oder Herzwürmer wieder Einzug in Deutschland halten könnten, wurde nicht gesagt. Auch von den Kosten für den Transport der Tiere war nicht die Rede. Der Platz im Laderaum eines Flugzeuges ist nämlich teurer als der für einen Passagier in der klimatisierten Kabine. Nicht umsonst macht die Deutsche Lufthansa mit Tiertransporten jährlich einen tollen Profit. Anstelle des teuren und zeitaufwendigen Imports aus dem Ausland sollte jeder, der einen Hund bei sich aufnehmen möchte, lieber in ein ortsansässiges Tierheim gehen. Denn allein in unseren deutschen Tierheimen sitzen über 100000 Hunde, die ebenso ein neues Zuhause suchen.

Rauchen kann zu einem langsamen und schmerzhaften Tod führen

Dass der Genuss von Tabak Krankheiten hervorrufen kann, ist genauso bewiesen wie der Holocaust. Den Bürger aber zu entmündigen und ihm das Rauchen zu verbieten, grenzt an Repression. Jetzt will die Politik ein Rauchverbot beim Autofahren einführen, denn mit dem Rauchen am Steuer steige auch die Unfallgefahr drastisch, genauso wie beim Telefonieren mit dem Handy.

Es steht außer Frage, dass jährlich über 100000 Menschen an den Folgen des Zigarettenkonsums sterben und 70000 bis 100000 pro Jahr daran erkranken. Europaweit starben bereits mehr Menschen durch das Inhalieren von Tabakrauch als durch den Zweiten Weltkrieg. In Deutschland stirbt alle fünf Minuten ein Mensch an den Folgen des Rauchens, jährlich sind es 1,2 Millionen in Europa und etwa 4,2 Millionen weltweit.

Zigaretten enthalten Krebs erregende Gift- und Zusatzstoffe und können als das tödlichste Produkt der Welt bezeichnet werden. In geringer Konzentration kann ein gesunder Körper zwar viele Gifte verkraften, muss aber bei Stoffen wie Teer kapitulieren. Wegen der hohen Krebsgefahr wurde Teer selbst für den Straßenbau verboten und durch Asphalt ersetzt. Auch wird im Tabakrauch Radioaktivität freigesetzt, die vom Körper eingelagert wird und eine der Hauptursachen für Kehlkopf-, Bronchial- und Lungenkrebs ist.

Statistiken bestätigen, dass Menschen mit höherer Bildung weniger rauchen. Ist Rauchen also ein Zeichen für Dummheit? Raucher sollen auch ein auffällig unterentwickeltes Umweltbewusstsein haben. Etwas Wahres ist schon dran an dieser These, denn sie entsorgen ihre Kippen einfach auf die Straße und verursachen dadurch nicht geringe Reinigungskosten, für die wiederum der Steuerzahler aufkommen muss. Rauchern wird auch unterstellt, dass sie auffällige Defizite im Sozialverhalten zeigen und sich häufiger als Nichtraucher egoistisch und rücksichtslos benehmen. Auch sollen sie stärker zur Verdrängung neigen und eine feindliche Einstellung zu ihrem Körper haben. Sind also die prominenten Raucher alle asozial, egoistisch und dickbäuchig? Idole wie Rockstar Robbie Williams, der bis zu drei Packungen Zigaretten am Tag raucht, oder Actionheld Bruce Willis, der pro Spielfilm mindestens eine Packung verheizt?

Es mag sein, dass Raucher und Ex-Raucher Hauptnutznießer des Solidaritätsprinzips in der Krankenversicherung und mitverantwortlich für die Kostenexplosion im Gesundheitswesen sind, da sie höhere krankheitsbedingte Kosten verursachen. Aber werden nicht die Rentenkassen durch den vorzeitigen Tod als Folge des Rauchens auch erheblich entlastet?

Im Tabak sind außerdem Giftstoffe wie Benzol, Blausäure oder Zink zu finden. Doch Benzol ist auch im Benzinkraftstoff enthalten. Und besitzt nicht fast jeder Erwachsene, auch Nichtraucher, mindestens ein Auto? Da diese bekanntlich noch nicht mit Luft fahren, müssen sie betankt werden und dabei atmet man gezwungenermaßen auch Benzol ein.

Oder Blausäure: Sie findet man in zahlreichen Lebensmitteln, u. a. in den Kernen von Prunus-Arten wie Aprikosen, Kirschen oder Mandeln. Auch Pflanzen wie Leinsamen oder Bambussprossen besitzen einen hohen Anteil an Blausäure.

Zink ist ein essentielles Spurenelement und im menschlichen Körper neben Eisen am häufigsten zu finden. Es wird benötigt für den Aufbau der Augen, der Haut und der Haare. Im medizinischen Bereich wird Zink in Form von Zinkoxid oder Zinksulfat in Salben, Pasten oder Schüttelmixturen zur Behandlung von Wunden oder geschädigten Hautbereichen verwendet.

Wäre man wirklich auf gleiches Recht für alle aus, so müsste man diese Dinge ebenfalls gesetzlich verbieten. Es ist keine Frage, dass es gesundheitsfördernd ist, wenn man das Rauchen aufgibt oder erst gar nicht damit anfängt. Aber den Bürger per Gesetz dazu zu verpflichten wären mittelalterliche Methoden. Warum wird dann nicht auch Alkohol per Gesetz verboten?

Schließlich sterben über 40000 Menschen in Deutschland an den Folgen des Alkoholgenusses und jährlich müssen 2,5 Millionen Menschen wegen Alkoholmissbrauch behandelt werden. Dadurch entsteht der Volkswirtschaft jährlich ein Schaden von über 20 Milliarden Euro. Alkohol ruft Krankheiten wie Verfettung der Leber, Zirrhose und Absterben der Hirnzellen hervor. Alkohol erhöht auch das Risiko von Krebserkrankungen in Mundhöhle, Speiseröhre, Magen, Pankreas und Leber.

Alkoholkranken Menschen ist es manchmal kaum möglich, ihre privaten Beziehungen aufrechtzuerhalten. Auch geschieht ein großer Teil der Gewaltverbrechen, Selbstverletzungen, Verkehrsunfälle und schließlich der Selbstmordversuche unter Alkoholeinfluss.

Da aber Alkohol als Nahrungsmittel angesehen wird und gesellschaftlich akzeptiert ist, wird dies einfach unter den Teppich gekehrt. Alkohol ist fast so alt wie die Menschheit selbst. Schon vor Hunderten von Jahren erhielten die Kinder Dünnbier als regelmäßiges Getränk.

Manche prominenten Persönlichkeiten scheinen einen Pakt mit Gott oder dem Teufel zu haben. Altkanzler Helmut Schmidt erfreut sich eines Alters von über 80 Jahren, obwohl er ein Päckchen Zigaretten am Tag raucht, und das schon seit über 60 Jahren. Zudem soll er auch noch täglich einen Liter des Erfrischungsgetränks Cola zu sich nehmen. Sigmund Freud, der Erfinder der Psychoanalyse, ist trotz jahrelangen Rauchens – er war leidenschaftlicher Zigarrenraucher – 83 Jahre alt geworden. Auch Entertainer Frank Sinatra wurde trotz jahrzehntelangen Missbrauchs von Zigaretten und Alkohol 82 Jahre alt.

Winston Spencer Churchill sagte einmal: »Ein leidenschaftlicher Raucher, der immer wieder von der Bedeutung der Gefahr des Rauchens für seine Gesundheit liest, hört in den meisten Fällen auf – zu lesen!«

Rauchen oder nicht?
Das ist hier die Frage

Die deutsche Tabakindustrie erlebt durch die Steuererhöhungen einen Einbruch in Milliardenhöhe. Jedes Jahr werden rund fünf Milliarden Zigaretten illegal am Staat vorbeigeschmuggelt. Ein gesetzliches Rauchverbot ist also ein zweischneidiges Schwert, denn es fördert den illegalen Handel und bringt hohe Steuerausfälle mit sich. Wäre es nicht ratsam, wenn die Politik ihre Energie mehr in die Aufklärung steckt und die Menschen selbst entscheiden lässt, ob sie das Rauchen aufgeben möchten?

Wie ich meine Schäfchen
ins Trockene bringe

Wer heutzutage schnell reich werden möchte, sollte in die Politik gehen. Dort ist es am einfachsten, hohe Beträge von den Steuerzahlern für den eigenen Lebensabend beiseite zu schaffen. Auch lassen sich Bestechungsgelder so am unauffälligsten und ohne strafrechtliche Verfolgung in die eigene Tasche bringen. Denn anscheinend gilt es als Kavaliersdelikt, wenn ein Politiker auf diese Weise für seine Zukunft vorsorgt. Hat man den Sprung in eine Partei geschafft, sollte man sich in die Machenschaften der Altpolitiker einweisen lassen. So wie in der Partei, die in ihrem Grundsatzprogramm über das christliche Verständnis vom Menschen und seiner Verantwortung vor Gott spricht. Ein schöner Satz, dessen Bedeutung anscheinend von den Parteimitgliedern vergessen oder einfach übersehen wurde. Denn warum sonst konnte einer aus ihren Reihen im Jahr 2000 wegen einer Spendenaffäre angeklagt werden? Zwar wurde vor Gericht bestätigt, dass er der Verschiebung von über 10 Millionen Euro aus Spenden oder dunklen Quellen mitschuldig sei, aber beim Strafmaß wurde von Justitia ein Auge zugedrückt. Wie man ein Kind mit erhobenem Finger darauf aufmerksam macht, dass es so etwas nicht tun dürfe, erhielt er nur »einen Klaps auf die Wange«, indem ihm 18 Monate auf Bewährung und eine Geldbuße in Höhe von 25000 Euro auferlegt wurden.

Oder unser ehemaliger Kanzler, Herr über unser Land

und Geld. Auch er kassierte über 2 Millionen DM aus dunklen Quellen, die er bis heute verschleiert. Anscheinend hatte er in den 16 Jahren seiner Macht genug Leid erfahren, denn warum sonst sah man von Zwangsmitteln wie Geldstrafe oder Beugehaft ab?

Natürlich werden auch Verwandte und Freunde der Politiker nicht vergessen. So half ein führender Politiker einer kleineren Partei seinem angeheirateten Cousin, dessen Geschäftsidee »Plastikchips für Einkaufswagen« an sieben Einzelhandelsketten als »pfiffiges Produkt« anzupreisen. Dummerweise schrieb er dieses Angebot auf Briefpapier seines Ministeriums und unterschrieb auch noch selbst. Da er Anfang der 90er Jahre schon einmal in einen Skandal verwickelt gewesen war, indem er als Vermittler zwischen Waffenindustrie und Politik fungierte und die Lieferung von 36 Panzern aus Deutschland in ein Kriegsland unterzeichnete, trat er aus der Partei aus.

Eine weitere Affäre brach ihm dann buchstäblich das Genick. Um Stimmen für seine Wiederwahl zu bekommen, ließ er für 840000 Euro, die aus dunklen Quellen stammten, für 8,4 Millionen Haushalte Flugblätter drucken. Darin setzte er sich für eine friedliche Lösung des Nahost-Konfliktes ein und wurde prompt als antisemitisch beschimpft. Anscheinend ertrug dieser Politiker nicht mehr, was er dem Volk in Deutschland angetan hat, und er stürzte sich aus einem Flugzeug, ohne seinen Fallschirm zu öffnen.

Es gibt nur wenige in der Politik, die den Freitod wählen, wenn ihre Fehltritte aufgedeckt werden. Wie der damalige Ministerpräsident, der sich Ende der 80er Jahre in der Badewanne eines Hotelzimmers durch Tabletten das Leben nahm, nachdem herausgekommen war, dass er seinen Mitbewerber für die anstehende Wahl hatte beschatten lassen, um so an belastendes Material über dessen Privatleben zu kommen, und dass er eine anonyme Anzeige wegen Verdachts auf Steuerhinterziehung gegen diesen aufgegeben hatte.

Ein Gewissen hatte anscheinend auch jener Bundestagsabgeordnete, der sich 1992 in seinem Garten erhängte. Er konnte es nicht verkraften, dass die Öffentlichkeit von seiner früheren Tätigkeit für die Stasi in der ehemaligen DDR erfuhr. Diese Politiker büßten für ihre Fehler, wenn auch zu spät und um einer öffentlichen Anklage zu entgehen.

Da unsere Politiker mit der Führung des Landes nicht ausgelastet sind, haben sie anscheinend noch sehr viel Zeit für vermeintlich steuerfreie Nebenjobs. So erhielt unser Altkanzler, auch liebevoll die Birne genannt, für so genannte Beratertätigkeiten bei einem Medienkonzern 300000 Euro im Jahr über eine Firma, die er eigens dafür gegründet hatte. Als Gegenleistung plädierte er beispielsweise bei der Deutschen Telekom dafür, für die TV-Kabelnetze die D-Box des Medienkonzerns zu benutzen.

Dass es auch teurer geht, bewies die ehemalige Staatssekretärin im Verteidigungsministerium. Sie erhielt von einem großen deutschen Konzern über 4 Millionen Euro für Beratungstätigkeiten, die sie nie geleistet hatte, und wollte die Einnahmen am Finanzamt vorbeischleusen.

Der Dumme ist nur der, der sich erwischen lässt. So wie ein deutscher Lobbyist, der Hilfestellung bei der Privatisierung eines damaligen DDR-Konzerns gab. Er kassierte als Honorar runde 39 Millionen Euro, ohne jegliche Gegenleistung und steuerfrei, wie er meinte. Er wurde wegen Beihilfe zur Steuerhinterziehung zu einer Geldstrafe von 1,5 Millionen Euro und 15 Monaten Haft verurteilt. Die Haft muss er in Frankreich absitzen und das Honorar von 39 Millionen Euro zurückzahlen. Genauso erging es dem Sohn eines bekannten bayrischen Politikers. Wegen Beihilfe zum Betrug wurde er zu einer Geldstrafe von 300000 Euro verurteilt. Diese zahlte er in bar. Außerdem wurde er wegen Steuerhinterziehung zu drei Jahren und drei Monaten verurteilt, die er aber wegen seiner angeschlagenen Gesundheit noch in Freiheit verbüßen darf.

Wenn aber ein Familienvater, der in das neue Hartz-IV-Gesetz gerutscht ist und der aufgrund seines fortgeschrittenen Alters und der momentanen Arbeitsmarktlage keine Anstellung mehr findet, versucht, durch nicht angemeldete Arbeiten seine Familie zu ernähren, wird er gleich zu Haftstrafen verurteilt. Wo bleibt da die Gerechtigkeit? Anscheinend sind Politiker und ihre Kumpane unantastbar. Korruption ist bei den oberen Zehntausend modern und gesellschaftsfähig geworden.

Die Kirche – legale Mafia?

Ach wie waren die Zeiten noch schön, als die Kirche Mitte des 13. Jahrhunderts im Namen Christi alle verurteilen konnte, die der Ketzerei bezichtigt wurden. Sowohl Einzelpersonen als auch ganze Glaubensgemeinschaften wurden so im Auftrag der katholischen Kirche gerichtet. Heutzutage muss sie es dulden, wenn sich jemand gegen Gott oder vielmehr gegen die Institution Kirche erhebt und dies auch noch offenkundig macht.

Wie viel Macht die Glaubensbrüder immer noch haben und wie willfährig sich die Politik mitsamt ihren Institutionen ihnen unterwirft, war beim katholischen Sozialkonzern Deutscher Orden zu beobachten. Der Hospitalorden, der als Träger von über 100 Krankenhäusern, Alten- und Pflegeheimen sowie Suchthilfehäusern tätig war, konnte im Jahr 2000 weder Gehalt noch Weihnachtsgeld an seine rund 5500 Mitarbeiter zahlen. r war pleite. Da er aber eine Körperschaft des öffentlichen Rechts war, konnte kein Konkurs angemeldet werden. Kirche, Staat und Banken griffen den klammen Ordensbrüdern schließlich mit rund 15 Millionen Euro unter die Arme. Der bayerische Ministerpräsident hatte sich 1998 persönlich für den maroden Orden eingesetzt, damit dieser als Körperschaft des öffentlichen Rechts anerkannt wurde. Zwar gewährte das Kultusministerium den begehrten Status normalerweise nur Einrichtungen, die mehr als 200 Mitglieder vorweisen können. Durch die Bemühungen des bayerischen Landesvaters wurde der

Orden jedoch trotz seiner nur 27 Mitglieder zugelassen. Diese Anerkennung als Körperschaft des öffentlichen Rechts hatte dann dazu geführt, dass die Banken sorglos Kredite vergaben, da sie der Meinung waren, der Orden könne auf Grund eines Rechtsstatus nicht Bankrott gehen. Nach dem Bekanntwerden der Millionenpleite gingen mehrere Strafanzeigen bei der Münchner Staatsanwaltschaft wegen Betrugs und Steuerhinterziehung ein. Auch der bayerische Ministerpräsident erhielt eine Anzeige wegen Beihilfe zur Konkursverschleppung und Steuerhinterziehung. Wie es sich aber für einen Politiker gehört, ging er erst einmal auf Tauchstation, bis sich die ganze Sache beruhigt hatte, und letztendlich konnte er sich aus dem Desaster herauswinden.

Ein Thema, worüber man nicht spricht oder bei dem die Kirche auf die Vergesslichkeit der Bevölkerung vertraut, ist der Missbrauch von Kindern durch die gottesfürchtigen Brüder und Schwestern. Das Problem wird über kurz oder lang immer totgeschwiegen. Es ist anscheinend tabu, sich mit diesem Thema auseinander zu setzen. Man muss befürchten, dass nicht wenige der Erwachsenen, die sich sexuell von Kindern angezogen fühlen, bewusst den Beruf des Priesters oder Pfarrers wählen. Dadurch können sie mit vielen Kindern in Kontakt kommen und ein enges Vertrauensverhältnis zu ihnen aufbauen. Missbrauch wird dadurch sehr einfach gemacht. Wie andere pädophile Kriminelle suchen sie sich Kinder aus, die sich nach etwas Zuwendung und der Aufmerksamkeit eines Erwachsenen sehnen. Dabei vergreifen sie sich nicht nur an Mädchen, besonders gefährdet sind auch kleine Jungen. Die Kinder werden gekonnt bei der Beichte, im Religions- und Kommunionunterricht oder bei der

Messdienerausbildung umworben und mit besonderer Aufmerksamkeit umgarnt.

Es ist wohl kaum anzunehmen, dass ein pädophiler Priester im Laufe seiner Amtszeit nur ein Kind missbraucht. Junge Knaben, die zu alt geworden sind, werden einfach ausgetauscht. Innerhalb der Kirche wird das Problem vertuscht, indem Priester nach der Verbüßung ihrer Strafe oder auch nach einem Missbrauchsverdacht einfach nur in eine andere Gemeinde versetzt werden.

Sexuelle Handlungen von Erwachsenen mit Kindern hat es ja schon bei Völkern wie den Sumerern, Babyloniern, Israeliten, Griechen und Römern gegeben. Dies belegen die Schriften der alten Stämme. Nur wurden sie damals mit religiösen Argumenten und alten Mythen gerechtfertigt und galten teilweise als legal. Zu jener Zeit hat man sich für seine sexuellen Gelüste einen Knaben

Kinder können sich (noch) nicht wehren

gehalten. War man dazu nicht in der Lage, so konnte man in eines der unzähligen Knabenbordelle, die es z. B. in Rom gab, gehen und seinen Gelüsten freien Lauf lassen. In Athen konnte man sich sogar per Vertrag einen Knaben dafür mieten.

Im Mittelalter war nach Ansicht der Kirchenfürsten ein Mädchen durch die vaginale Penetration reif für die Ehe. Die einzige Vorgabe dabei war, dass das Kind mindestens sieben Jahre alt sein musste, da dies als Übergang von der Kindheit zum Erwachsenenalter angesehen wurde.

Unter der Herrschaft des französischen Königs Ludwig XIII. galt es als besonders modern, wenn man mit kastrierten Knaben Analverkehr betrieb. Säuglinge und Kleinkinder wurden kastriert, damit sie in Bordellen von Männern gebraucht werden konnten.

Schwarze Schafe gibt es auch in der evangelischen Kirche. Für kurze Zeit erregte der Fall einer 39 Jahre alten Pastorin Aufsehen, die einen 14-jährigen Konfirmanden sexuell missbraucht haben soll. Die Pastorin bestreitet zwar die Vorwürfe, wurde aber dennoch von der evangelischen Kirche beurlaubt, um die betroffene Person und die Kirchengemeinde von Spekulationen zu entlasten.

Millionen zahlt die Kirche an einen Fonds zur Entschädigung von Zwangsarbeitern während der Zeit des NS-Regimes. Von Anfang der 40er Jahre bis kurz vor Kriegsende schufteten diese als Knechte in der Landwirtschaft, in Gärtnereien oder Bäckereien, die damals wie heute zu den größten diakonischen Einrichtungen gehörten. Durch mysteriöse Umstände ist die von den US-Militärbehörden 1948 angeordnete Liste, die alle Ausländer bei der Diakonie aufzulisten hatte, verschwunden. Bei den Arbeitsämtern, die damals der Diakonie auf Antrag ein Kontingent der Verschleppten als Zwangsarbeiter zuteilten, oder bei der Krankenkasse, bei der sie gemeldet waren, waren plötzlich alle Unterlagen abhanden gekommen.

Allerdings fließt das Geld wiederum in kirchliche Organisationen, die die Versöhnungsarbeit fördern sollen.

Auch bei der Kirche gibt es genügend Gelegenheiten zur Geldverschwendung. Die anglikanische Kirche versuchte sich zum Beispiel in Börsenspekulationen und verlor 2002 dabei rund eine halbe Milliarde Euro. Außerdem wird hier ebenfalls schon mal in die eigene Tasche gewirtschaftet. So verwendete ein 65 Jahre alter katholischer Pfarrer über Jahre hinweg ihm anvertraute Kirchgelder in Höhe von knapp 150000 Euro für private Zwecke. Für einen gottesfürchtigen Mann ist der Kirche nichts zu teuer: Die Landesgeschäftsstelle des Diakonischen Werkes mit Sitz in Nürnberg und die Münchner Kirchenzentrale bezahlten für ihren Diakonie-Präsidenten eine großzügige Dienstwohnung für fast eine halbe Million Euro. Aber auch bei ihren Gebäuden lässt sich die Kirche nicht lumpen. So kostet der Bau des neuen Diözesanmuseums Kolumba in Köln über 30 Millionen Euro.

Glücklich der, der keine Kirchensteuer zahlt!

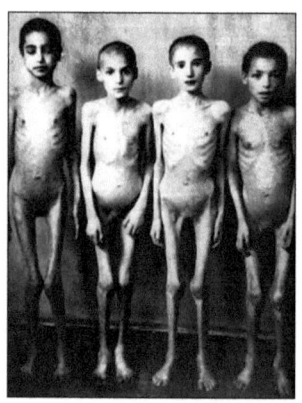

Kinderarbeit während des Naziregimes

Zuckerbrot und Peitsche

Anfang 1990 wurde die Bevölkerung zum sparsameren Umgang mit dem Wasser aufgefordert. Aufgrund des gestiegenen Wasserverbrauchs wurde damals sogar über eine Rationierung des Trinkwassers nachgedacht. Die Politik konnte nicht ahnen, wie sehr die Menschen wirklich an Wasser sparen würden. Heute bekommen sie jedoch die Quittung dafür, denn der sinkende Wasserverbrauch führt jetzt zu steigenden Preisen, auch beim Schmutzwasser. In Deutschland ist der Pro-Kopf-Verbrauch von Wasser auf 136 Liter pro Einwohner und Tag zurückgegangen. In einigen Kommunen beträgt er sogar nur 80 Liter.

Als Folge der Sparmaßnahmen müssen die Leitungen häufiger gespült und desinfiziert werden. Dadurch entstehen Mehrkosten, die auf die Verbraucher umgelegt werden, indem die Grundgebühren angehoben werden. Durch den geringeren Wasserdurchfluss in den Rohren erhöht sich die Korrosion und die Rohrleitungssysteme müssen mit enormen Kosten wieder instand gesetzt werden. Bleibt das Wasser längere Zeit in den Leitun-

Kaputte Leitungen durchs Sparen

gen stehen, wird es schal. Es besteht die Gefahr einer erhöhten Konzentration von Kupfer, Blei und Eisen im Trinkwasser, auch können sich Keime anreichern.

Wo also der Bürger glaubte, das Richtige zu tun, indem er den tropfenden Wasserhahn abstellte, nur unter der Dusche anstelle in einem Wannenbad seiner Hygiene nachging und sein Geschirr nicht unter fließendem Wasser abspülte, muss er jetzt erschreckt feststellen, dass er durch sein umweltbewusstes Handeln die Wasserpreise in die Höhe treibt und der Wasserqualität schadet.

Die Mittellosen bleiben dumm. Durch die Studiengebühren können nur diejenigen eine angemessene Ausbildung erhalten, die es sich leisten können. Bildung wird ein Privileg der Oberschicht. Wenn es nach dem Willen der Politiker geht, sollen Studenten 500 bis 1000 Euro pro Semester bezahlen. Diese Gebühren werden aber nicht vom BAföG oder durch Stipendien übernommen. Dabei ist nicht einmal sicher, dass die Studiengebühren den Universitäten zugute kommen, sondern es ist möglich, dass sie zur Deckung der Löcher in den Landeshaushalten verwendet werden. Dann würden die Hochschulen nicht wirklich von einer Studiengebühr profitieren.

Es wird auch viel von »nachgelagerten Studiengebühren«, die erst nach Abschluss des Studiums fällig sind, geredet. Dabei werden Pläne geschmiedet, wie die sozialen Folgen abgeschwächt werden sollen. So werden die Studiengebühren salonfähig gemacht. Es bleiben wieder diejenigen auf der Strecke, die sich eine bessere Bildung finanziell nicht leisten können.

Gegen eine Studiengebühr wäre nichts einzuwenden, wenn diese dann auch der allgemeinen Schulbildung und dem Schulsystem zufließen würde. Aber wie die Vergangenheit zeigte, besteht die Gefahr, dass die Gelder für anderweitige Staatsausgaben verschwendet werden, anstatt die Mängel an den Hochschulen auszugleichen. Die Pisa-Studie der OECD belegt, dass die deutschen Schulen miserabel ausbilden und die Bildung schlecht ist.

Kassenpatienten – Patienten zweiter Klasse

Ein Patient vertraut normalerweise seinem Arzt und legt sein Wohl in dessen Hände. Er erzählt ihm schließlich die persönlichsten Dinge, was seine Krankheit und auch seine private Situation angeht. Aber nicht jeder Mediziner nimmt den Eid des Hippokrates ernst. Man schaue sich nur die Statistiken über Ärzte an, die wegen Fehlbehandlungen, Leichtfertigkeit oder Unterlassungen vor Gericht stehen.

Ein Arzt bezeichnete einen gesetzlich versicherten Patienten öffentlich als »Kassenzecke«. Ein anderer wiederum ärgerte sich darüber, dass er die Kosten einer Behandlung selbst tragen musste, weil er vergessen hatte, seine Patientin auf die notwendige private Kostenübernahme hinzuweisen. Der erboste Arzt, der nicht selbst für seine Dummheit einstehen wollte, ließ die Patientin daraufhin wissen, dass sie ihre Genitalien doch zukünftig in anderen Stühlen präsentieren solle, da er auf schmarotzendes Gesockse wie sie nicht angewiesen sei. Andere Ärzte wiederum verglichen das marode Gesundheitssystem mit der Inquisition im Mittelalter, der Judenverfol-

Dienstboteneingang für Kassenpatienten?

gung im Dritten Reich und den Stasimachenschaften in der ehemaligen DDR.

Mit dem hippokratischen Eid schwören die Ärzte unter anderem, alles Gehörte und Gesehene geheim zu halten (Schweigepflicht). Würde der Bruch des Eides konsequent verfolgt, sähe so manche Gesundheitseinrichtung jedoch ganz trüb aus. Die Anzahl der Ärzte wäre dann so dezimiert, dass ein effizientes Gesundheitswesen nicht mehr existent wäre. Man nehme nur mal die vielen Ärzte in der DDR, die auf diesen Eid pfiffen oder sich nicht daran erinnerten, als sie ihre Patientenunterlagen an die Sicherheitsorgane zur Einsichtnahme gaben.

In Zukunft werden die Ärzte mehr und mehr auch darüber entscheiden müssen, wer eine Behandlung erhält und bei wem sich eine Therapie lohnt.

Vor einiger Zeit inszenierte das britische Fernsehen eine interessante Fiktion, um darauf aufmerksam zu machen, wie marode das Gesundheitssystem geworden ist. In dieser Sendung ging es um einen Rentner, der 50 Jahre lang gearbeitet hat, praktisch nie krank war und jetzt seinen Lebensabend genießen und seine Enkel aufwachsen sehen möchte. Vor einem Publikum bewarb er sich wie in einer Spiel-Show im grellen Licht der Scheinwerfer um eine Dialyse, denn seine Nieren wollten nicht mehr so recht. Aber was wäre eine Spiel-Show ohne weitere Mitspieler? Ein zweiter Scheinwerfer leuchtete auf eine knapp 40-jährige allein erziehende Mutter, die ebenfalls eine Dialyse brauchte. Das Publikum der Fernsehschau »Leben und Tod« brauchte nur wenige Sekunden, um sich zu entscheiden. Der Spot über dem Rentner verdunkelte sich, denn die Mehrheit hatte sich gegen seine Behandlung und damit für seinen Tod entschieden. Hier war die erste Runde der Show vorüber. Doch auch die allein erziehende Mutter konnte sich nicht als Gewinnerin behaupten. In der zweiten Spielrunde verlor sie nämlich den Wettstreit gegen eine andere, weitaus jüngere Kandidatin mit dem Wunsch nach einer Hüftoperation, die sie von unerträglichen Schmerzen befreien und wieder arbeitsfähig machen würde.

In Zukunft wird wohl nicht mehr jeder Kassenpatient eine Therapie erhalten. Alte Menschen lässt man vielleicht einfach sterben, es sei denn, sie zahlen ihre Behandlungen selbst. Die Liste der Streichungen im Leistungskatalog der Kassen wird immer länger. Ginge es nach dem Willen von zahlreichen Gesundheitsökonomen, Philosophen und Medizinern, dann würden in naher Zukunft nicht nur Heftpflaster und Ergänzungskuren, sondern auch Bypass-Operationen, Organtransplantationen und teure Krebstherapien gestrichen.

Sterben, um Kosten zu sparen, würde dann zur moralischen Pflicht eines Staatsbürgers. Denn warum sollte Geld für eine neue Leber für einen Alkoholiker, eine Herzoperation für einen starken Raucher, die langwierige Rehabilitation für den verunglückten Raser ausgegeben werden? Das Gesundheitswesen dürfte dann nicht dazu missbraucht werden, das Leben von kranken und alten Menschen immer weiter zu verlängern. Der Mensch wäre nur noch so viel wert, wie er bei guter Gesundheit erwirtschaften kann. Kinder wären demnach im Schnitt 1,5 Millionen Euro wert, Rentner überhaupt nichts, weil sie ja nicht mehr produktiv sind.

Gesetzlich Versicherte müssen schon heute für Zahnersatz knapp zwei Drittel mehr bezahlen als früher, denn durchschnittlich stiegen die Kosten für die Patienten um 65 Prozent. Lagen die Eigenzuzahlungen im Jahr 2004 für alle Formen von Zahnersatz, ohne Provisorien und Reparaturen, im Schnitt noch bei 498 Euro, so sind es heute bereits 823 Euro. Um 98 Prozent verteuerten sich sogar Brücken und Kronen, und für herausnehmbare Prothesen werden von den Patienten 58 Prozent mehr verlangt. Gestrichen aus dem Leistungskatalog für Kassenpatienten werden auch Akupunkturbehandlungen. Zwar hat sich die Akupunktur als Behandlungsmethode seit langem bewährt. Aber dadurch, dass sich jedes Jahr 1,5 Millionen Patienten in Deutschland akupunktieren lassen, entstehen den Krankenkassen jährlich Kosten von 300 Millionen Euro.

Mindestens zehn Millionen Menschen in Deutschland leiden unter chronischen Schmerzen. Aber nur jeder fünfte von ihnen wird ausreichend versorgt. Dies beginnt schon bei der Basisdiagnostik, die vor Beginn der Therapie stattfindet. Immer noch wird die Schmerztherapie mit dem Verabreichen von regionalen Nervenblockaden gleichgesetzt. Durch diese Fehleinschätzung weigern sich einige Krankenkassen, das nötige Geld für eine erfolgreiche Therapie zur Verfügung zu stellen. Sie versuchen lieber, Schmerzpatienten auf die Psychiatrie-Schiene zu schieben und die Pauschalvergütung für Schmerztherapeuten zu senken.

Zwar können neuerdings auch alle Mitglieder von gesetzlichen Krankenkassen die so genannte Kostenerstattung wählen und treten dadurch beim Arzt als Privatpatient auf, aber diese Privatbehandlung birgt auch ein finanzielles Risiko. Für jeden Arztbesuch erhält der Patient eine Rechnung, die er erst einmal selbst bezahlen muss. Es liegt dann im Ermessen der Krankenkasse, ob sie den Betrag erstattet – was selten der Fall ist. Meist werden nur die Kosten zurückgezahlt, die bei einer Behandlung auf Chipkarte angefallen wären. Zusätzlich werden dann noch Abschläge für Verwaltungskosten und fehlende Wirtschaftlichkeitsprüfung erhoben. Der Patient zahlt somit bei einer Kostenerstattung in der Regel drauf.

Privatpatienten genießen in Deutschland einen besseren Status als gesetzlich krankenversicherte Patienten. Bei einer Terminvergabe werden sie oft bevorzugt behandelt. Kassenpatienten müssen dagegen auch bei bedrohlichen Symptomen manchmal wochenlang auf einen Termin für eine Untersuchung warten. So wie in einem Fall, bei dem eine kassenversicherte Patientin 81 Tage lang auf eine Darmspiegelung warten sollte, nachdem sie als Symptom Blut im Stuhl angegeben hatte. Solche Symptome können auf Darmkrebs hindeuten und erfordern eine schnelle Diagnose. Eine Privatpatientin mit dem gleichen Symptom erhielt dagegen bereits nach fünf Tagen einen Termin. Eine andere Kassenpatientin hatte bei einer Universitätsklinik 61 Tage auf eine wichtige Augenuntersuchung warten müssen. Die Privatpatientin konnte dagegen schon sechs Tage nach ihrem Anruf zur Untersuchung kommen. Wer als Kassenpatient einen Schlaganfall erleidet, muss fast doppelt so lange auf den Beginn einer Behandlung warten wie privat Versicherte. Doch gerade bei einer Durchblutungsstörung im Gehirn hängen das Überleben und die möglichst vollständige Rehabilitation direkt von der Schnelligkeit der Behandlung ab.

Wie ungeniert Geld auf Kosten der Kassenpatienten gemacht wird, zeigt das Beispiel eines Arztes, der einer

Kassenpatientin gegen die Zahlung von 100 Euro einen früheren Termin zur Untersuchung auf Multiple Sklerose anbot. In Praxen bzw. Kliniken bekommen Kassenpatienten teilweise wegen angeblicher Überlastung überhaupt keinen Termin, während Privatpatienten schon in kürzester Zeit zu einer Untersuchung kommen können. Die gesetzlichen Krankenkassen reagieren zwar empört und kündigen an, gegen zu lange Wartezeiten vorzugehen, aber die Wirklichkeit sieht anders aus, denn wo kein Kläger, da kein Richter. Die wenigsten hatten bisher den Mut, sich gegen die Halbgötter in Weiß zu stellen. Und weil die Patienten sich nicht trauen, den Mund aufzumachen, hatten einzelne Mediziner keine Hemmungen, sich an den Patienten zu bereichern. Sie rechneten Leistungen ab, die sie nicht erbracht hatten, z. B. für einen bereits verstorbenen Patienten, der laut Krankenschein noch ein paar Tests und Pillen benötigte. Denn seit von den Kassen kontrolliert wird, wie viele Medikamente der Arzt dem einzelnen Patienten verschreibt, geht es ums nackte Überleben. Die Kosten für Medikamente dürfen einen bestimmten Betrag pro Quartal und Patient nicht übersteigen, und da wird dann schon einmal bis an die Grenze gegangen.

Außerdem schmerzt es die ärztliche Zunft, dass bei den Kassenpatienten nicht die gleichen Preise verlangt werden dürfen wie bei den Privatpatienten. Folglich liebt und bevorzugt ein Arzt die privat Versicherten. Sie werden schon mal in separate Wartezimmer mit weich gepolsterten Stühlen geleitet. Mit der Gleichstellung von Sozialhilfeempfängern und Asylbewerbern ging den Ärzten eine gute Einnahmequelle verloren, konnten diese doch bis zur Zusammenführung mit den Mitgliedern in der gesetzlichen Krankenversicherung wie Privatpatienten berechnet werden. Da Sozialhilfeempfänger und Asylbewerber nicht in die Budgetierung der Ärzte fielen, konnten sie mehr Leistungen bzw. höhere Abrechnungen geltend machen. Durch die Gleichstellung werden sie jetzt als Kassenpatienten behandelt und erhalten wie diese eine Krankenversichertenkarte. Künftig ist also gewährleistet, dass Sozialhilfeempfänger und Asylbewerber nicht besser gestellt sind als gesetzlich Krankenversicherte. Pro Jahr zahlt die Behörde für Soziales und Familie rund 103,5 Mio. Euro für Krankenhilfeleistungen.

Um dennoch gute Verdienste zu machen, bieten inzwischen viele Apotheken ihren gesetzlich versicherten Stammkunden Rabatte an. Auch Ärzte müssen heutzutage mehr denn je ums Überleben kämpfen. Sie bieten für Mehrkosten, die die Patienten selbst tragen müssen, Ratenzahlungen an. Dies ist aber nicht umsonst, sondern wie bei einem Bankkredit fallen dafür Zinsen an.

Die gesetzlich Versicherten haben im ersten Jahr nach der Einführung der Gesundheitsreform rund 2,2 Milliarden Euro Zuzahlungen für Arzneimittel und weitere 2,4 Milliarden Euro für Praxisgebühr geleistet. Trotzdem sollen Kassenpatienten in Zukunft deutlich preiswertere Pillen schlucken als bisher. Der Arzt verschreibt nur noch den Wirkstoff für die Behandlung und der Apotheker sucht dann unter den wirkstoffgleichen Medikamenten das günstigste aus. Der Apotheker erhält dann von der Kasse einen Zuschlag dafür, dass er preiswerte Mittel ausgesucht hat. Jeder dritte gesetzlich Versicherte musste 2004 wegen der Gesundheitsreform durchschnittlich 150 Euro mehr für seine Gesundheit ausgeben. Besonders davon betroffen sind chronisch Kranke und Personen mit niedrigem Einkommen.

Das Leben wird in Zukunft immer teurer. So müssen die Behandlungskosten nach Unfällen von den Kassenpatienten selbst übernommen werden, wenn sie nicht gegen Unfälle versichert sind.

Der Tod kommt
im offiziellen Gewand

Dass es der deutschen Wirtschaft immer schlechter geht, ist kein Geheimnis. Leider sinkt auch die Zahlungsmoral in unserem Land und viele Firmen müssen deshalb Konkurs anmelden und schließen. Inzwischen ist es ein regelrechter Sport geworden, Rechnungen nicht oder sehr spät zu begleichen. Dass aber unser Staat mitsamt seinen kommunalen und Landesbehörden mit schlechtem Beispiel vorangeht, ist ein Unding. So kostet die schlechte Zahlungsmoral des Staates die Baubranche jährlich mehr als 500 Millionen Euro. Was früher als Ehrensache für jeden Kaufmann galt, nämlich die pünktliche und vollständige Zahlung von Rechnungen, wird heutzutage nur mitleidig belächelt. Das schlechte Zahlungsverhalten der öffentlichen Hand ist in vielen Fällen, gerade im Handwerk und in der Dienstleistung, mit eine Ursache dafür, dass Betriebe Pleite gehen und Arbeitsplätze auf der Strecke bleiben. Oft müssen Firmen im Straßenbau erst viele Mahnungen an ihren Auftraggeber Staat schreiben, bevor sie widerwillig ihr Geld erhalten – ohne die dazugehörigen Zinsen oder Mahnkosten.

Bund, Länder und Gemeinden verursachen dadurch jährlich um die 275 Millionen Euro Zusatzkosten für die Betriebe – Gelder, die als Überbrückung für nicht bezahlte Rechnungen aufgebracht werden müssen. Städte und Gemeinden nutzen die Lage unverschämt aus, da sie wissen, dass sie am längeren Hebel sitzen.

Dabei werden häufig angebliche Mängel, die einer vollständigen Begleichung der Rechnung im Wege stünden, als Grund vorgeschoben. Beliebt ist auch der Vorwand, dass der bearbeitende Sachbearbeiter im Urlaub oder krank sei, um die Zahlung aufzuschieben. So verstreichen oft Monate, bis der Handwerksbetrieb endlich sein Geld sieht. So mancher Auftraggeber spekuliert dabei sogar unverhohlen auf eine Insolvenz des Betriebes, um letztendlich nicht zahlen zu müssen.

Wer dagegen Schulden bei der öffentlichen Hand hat, wird sofort zur Zahlung gezwungen. Bezahlt man Steuern oder Strafzettel zu spät, sind darauf Aufschläge zu entrichten. Gegebenenfalls wird auch gerne gepfändet. Und während der Staat auf Kosten unserer Betriebe immer unzuverlässiger zahlt, fordert er jetzt sogar vorgezogene Zahlungen der Sozialbeiträge von den Arbeitgebern.

Leider sind die Firmen auf den Staat als Kunden angewiesen und müssen froh sein um jeden Auftrag. Trotz des Ärgers über den Kampf um die offenen Rechnungen ist die Angst größer, gar keine Aufträge mehr zu erhalten. Dass die Frustration nicht von ungefähr kommt, beweist eine Studie der Industrie- und Handelskammer. Darin beklagten sich fast 60 Prozent der befragten Unternehmen über die schlechte Zahlungsmoral und das Zahlungsverhalten des Staates und seiner Einrichtungen. So waren von den 462 Milliarden Euro des Gesamtjahresumsatzes 2004 des Handwerks etwa 66 Milliarden Euro erst mit zeitlicher Verzögerung bezahlt worden und geschätzte 5,2 Milliarden Euro überhaupt nicht.

Schon jetzt hat Deutschland Schulden in Höhe von ca. 1,2 Billionen Euro. Die Zinsen daraus belaufen sich auf rund 65 Milliarden Euro pro Jahr. Die Einnahmen aus Steuern berechnen sich in etwa auf 440 Milliarden Euro im Jahr. Diese werden aber unter anderem durch die Insolvenzen der Firmen weniger, so dass unser Land immer höher verschuldet sein wird.

Neueröffnung

So schlich der Tod aus der Hand des Staates auch über die Internetcafés. Eine Zeit lang boomte das Geschäft mit den Cafés, die den Zugang zum Internet anboten. Da diese wie Pilze aus dem Boden sprossen, dachten sich die Finanzminister, dass hier eine Menge an Steuergeldern zu holen wäre. Sie belegten die Cafés mit Vergnügungssteuern, wie sie Spielhallen pro aufgestelltem Spielautomat zahlen müssen, da ja an den Computern auch Unterhaltungsspiele gespielt werden könnten. Dadurch stieg die steuerliche Abgabe pro Gerät mit einem Schlag von monatlich 12,78 Euro auf 153,39 Euro. Bei 20 Computern, die normalerweise in dieser Branche üblich sind, erhöhte sich die monatliche Abgabe an den Staat somit von 255,60 Euro auf 3067,80 Euro. Dies war für viele Inhaber von Internetcafés nicht mehr tragbar und sie gaben letztendlich ihre Existenz wieder auf.

So schleicht der staatlich verordnete Tod mit schwarzem Gewand umher, auf der Lauer nach der nächsten Existenz.

Steuerlügen

»Da die Wiedervereinigung nicht zum Nulltarif zu haben ist, wird für ein Jahr eine freiwillige Ergänzungsabgabe in Form eines Solidaritätszuschlags eingeführt.« Dies war wohl die größte Lüge, die ein Politiker dem deutschen Steuerzahler gegenüber hat äußern können. Denn hätte der Steuerzahler damals wirklich frei entscheiden können, ob er etwas von seinem Lohn »freiwillig« abgeben wollte, so würde er heute die Zahlung für den Aufbau Ost einstellen. Zumal es eine »freiwillige Abgabe« an den Staat nicht gibt. Außerdem zahlen selbst diejenigen, denen diese »Abgabe« zugute kommen soll, nämlich die Einwohner in den neuen Bundesländern. Also bauen sie gewissermaßen ihre eigene Wirtschaft auf.

Seit der Einführung des Solidaritätszuschlags fließen jährlich rund elf Milliarden Euro in die Bundeskassen. Da diese Einnahmen aber nicht ausreichten, erfand man noch einen Zusatz für den Aufbau, den Solidarpakt. Dadurch sollten die neuen Bundesländer in der Zeit von 1995 bis 2004 einen jährlichen Etat von 10,5 Milliarden Euro vom Bund erhalten, aufgeteilt in einen zweckgebundenen Zuschuss für die Wirtschaftsförderung von 3,4 Milliarden Euro und 7,1 Milliarden Euro für die so genannten teilungsbedingten Sonderlasten. Dadurch sollten die neuen Länder ihre Infrastruktur verbessern können. Viele der ostdeutschen Länder verstanden darunter auch DDR-Vermächtnisse wie Zusatzrenten für ehemalige Staatsbedienstete.

Trotz Kfz-Steuer kein Geld für neue Straßen

Ein großer Teil der Kosten für die Einheit wird von den Sozialversicherungen getragen, denn den ostdeutschen Rentnern und Arbeitslosen stehen monatliche Hilfen zu, auch wenn sie nie etwas in die Sozialkassen eingezahlt haben. Diese Ausgaben tragen die Arbeitnehmer und Arbeitgeber in Form von steigenden Sozialversicherungsbeiträgen, denn Selbstständige und Beamte sind davon ausgenommen. Sie brauchen nicht in die sozialen Sicherungssysteme einzahlen.

So flossen im Laufe der Zeit insgesamt 105 Milliarden Euro über den Solidarpakt in den Osten. Wohin genau, weiß allerdings niemand. Dieser Geldtransfer wurde abgelöst vom Solidarpakt II, dessen Zuschüsse jetzt nicht mehr zweckgebunden investiert werden müssen. Dafür müssen die neuen Bundesländer nun jährlich genau berichten, wofür sie das Geld ausgegeben haben. Denn für die nächsten 15 Jahre erhält der Osten noch mal 156,5 Milliarden Euro. Aus der kurzfristig gedachten Ergänzungsabgabe ist somit eine Dauersteuer geworden, die im Bundeshaushalt weiterhin vereinnahmt wird und darin untergeht.

Durch die Reformierung der Gewerbesteuer zur Gewerbewirtschaftsteuer sollen den Gemeinden im Jahr durchschnittlich 2,8 Milliarden Euro mehr zur Verfügung stehen. Die Gewerbewirtschaftsteuer darf künftig auch nicht mehr als Betriebsabgabe abgezogen werden. Dadurch nimmt der Staat insgesamt rund 7,2 Milliarden Euro zusätzlich ein. Dabei werden Freiberufler wie Zahnärzte oder Außendienstler miteinbezogen, wodurch man sich Mehreinnahmen von 565 Millionen Euro verspricht. Diese Ausweitung der Gewerbewirtschaftsteuerpflicht könnte den einen oder anderen Arbeitsplatz kosten. So werden die Leistungsträger unserer Wirtschaft noch mehr geschröpft und mit zusätzlicher Bürokratie belastet.

Durch eine Ausbildungsplatzabgabe versprechen sich die Regierenden eine weitere Mehreinnahme. Die Firmen beklagen sich über einen Mangel an Fachkräften, denn nur jeder vierte Betrieb bildet aus. Zwar würden manche Betriebe gerne einen Auszubildenden anstellen, aber entweder können sie aus wirtschaftlichen oder räumlichen Gründen nicht ausbilden oder sie dürfen es laut Berufsbildungsgesetz nicht. So waren im Jahr 2004 um die 25000 junge Leute ohne Lehrstelle. Nun soll per Gesetz der Mangel an Lehrstellen durch eine Ausbildungsabgabe behoben werden. Der Gesetzentwurf sieht vor, die Betriebe zu belohnen, bei denen die Belegschaft zu mehr als sieben Prozent aus Auszubildenden besteht, und bestraft die Betriebe, die weniger ausbilden. Das verursacht natürlich einen hohen zusätzlichen Verwaltungsaufwand, der wiederum mit finanziellen Kosten verbunden ist. Bei 40000 jährlichen Firmenpleiten und nach einer jahrelangen Wirtschaftsflaute ist nicht anzunehmen, dass dadurch mehr Ausbildungsstellen entstehen, denn die Regierung hat durch ihre schlechte Politik den Ausbildungswilligen schon vor Jahren ihre Chancen geraubt.

Parkschein selber malen?

Bürgerversicherung? In der gesetzlichen Krankenversicherung (GKV) sind alle Arbeitnehmer pflichtversichert, es sei denn, ihr Monatsverdienst übersteigt den Betrag von 3825 Euro. Ab dieser Einkommensgrenze haben Arbeitnehmer die Möglichkeit, sich privat abzusichern. Eine Rückkehr von der privaten in die gesetzliche Versicherung ist dann allerdings nur in besonderen Fällen möglich. Bleiben Besserverdienende aber freiwillig in der gesetzlichen Krankenversicherung, wird ihr Einkommen nur bis zur Beitragsbemessungsgrenze von 3450 Euro angerechnet, auch wenn sie mehr verdienen. Der durchschnittliche Beitragssatz von momentan 14,35 Prozent des Bruttoeinkommens wird jeweils zur Hälfte von Arbeitnehmer und Arbeitgeber übernommen. Wie fast immer bei sozialen Abgaben sind Selbstständige und Beamte nicht in die gesetzliche Krankenversicherung eingeschlossen.

Um das marode Sozialsystem vorm Untergang zu bewahren, gibt es die Idee der Bürgerversicherung, in die alle Bürger einen bestimmten Prozentsatz aus der Summe aller eigenen Einkünfte zahlen. Außerdem würden Selbstständige und Beamte einbezogen. Dies hätte aber auch zur Folge, dass die privaten Krankenversicherungen abgeschafft würden, deren Mitarbeiter sich dann einen Sitzplatz beim Arbeitsamt suchen müssten. Für die steigende Zahl der Arbeitslosen müsste dann ebenfalls wieder der Bürger aufkommen.

Mineralölsteuern sollen die Umwelt entlasten und zusätzliche Jobs schaffen. Nur kann man an den Arbeitslosenzahlen nichts davon erkennen. So wird immer weiter an der Steuerschraube gedreht, um mit dem Geld angeblich zur Senkung der Sozialversicherungsbeiträge beizutragen. Allerdings merkt der einzelne Bürger davon bis heute nichts. Die Ökosteuer soll zur Stabilisierung der Rentenversicherungsbeiträge in Deutschland dienen. Vordergründig wurde die Einführung der Ökosteuer damit begründet, dass die Bürger sparsamer mit der Energie umgehen sollten. Dabei wurde ignoriert, dass die sozial schwachen Schichten am stärksten getroffen werden.

Die Steuern auf Benzin, Dieselöl, Heizöl, Erdgas und Strom sind recht willkürlich. So wird bei Braun- und Steinkohle sowie Kernbrennstoff nur eine indirekte Steuer gezahlt, und gerade die energieintensive Industrie, die am meisten Ressourcen verbraucht, wird weitgehend freigestellt. Wen wundert es, wenn grenznahe Einwohner ins Nachbarland zum Tanken fahren, bei einem Preisunterschied von bis zu 50 Cent pro Liter Benzin? Dadurch werden die deutschen Tankstellenpächter im Grenzgebiet ruiniert, abgesehen von den Steuerausfällen in Milliardenhöhe.

Es wird weiterhin aus der Politik zu hören sein, dass man wieder irgendeine Steuer oder irgendeinen Beitragssatz anheben muss, um irgendetwas zu finanzieren. Sind es heute die Pflegeversicherung, Altschulden der Bahn, Umsatzsteuer oder Solidaritätszuschlag, so werden es mor-

gen vielleicht neue Steuern wie Kaugummisteuer, Putz-
steuer, Fahrbahnabnutzungssteuer, Haarausfallsteuer
sein. Denn die Politiker im Gruselkabinett wollen nur
unser Bestes und das ist unser Geld. Unter dem Motto
»Bete und arbeite, denn andere wollen von dir leben«
hat sich zwar das Vorzeichen verändert, aber nicht die
Sache. Waren es früher der böse Osten und der Sozia-
lismus, ist es heute die Ökologie. Der Vorwand ist ein
anderer, aber dennoch eine Lüge. Und die so genannte
Steuerreform trägt dazu bei, die Freiheiten auch weiterhin zu beschneiden. Zwar wird behauptet, dass derjenige
mehr Steuern zahlt, der mehr verdient, aber letztendlich
werden durch die Abgaben auch die jetzt schon relativ
geringen Einkommen drastisch belastet. Denn wer den
größten Teil seines Einkommens zur Bestreitung seiner
täglichen Ausgaben aufwenden muss, den treffen Steuererhöhungen viel härter als denjenigen, der das Finanzamt aus der Portokasse bezahlen kann. So entsteht ein
ewiger Kreislauf:

- Die Steuern und Abgaben steigen, um die Staatsausgaben zu finanzieren, folglich
- reagiert die Wirtschaft mit weiterem Arbeitsplatzab-
  bau und Abwanderung an steuer- oder kostengünsti-
  gere Standorte im Ausland, folglich
- steigt die Arbeitslosigkeit und muss finanziert werden, folglich
- steigen die Steuern und Abgaben, um die Staatsausgaben zu finanzieren ...

Die Politiker vertrauen auf das schlechte Gedächtnis der
Wähler, wenn sie ihre Kassen füllen mit Abgaben wie:
Lohnsteuer, Einkommensteuer, Solidaritätszuschlag,
Umsatzsteuer, Einfuhrumsatzsteuer, Kapitalertrags-

steuer, Kirchensteuer, Gewerbesteuer, Körperschaftsteuer, Grunderwerbsteuer, Grundsteuer, Zweitwohnungsteuer, Versicherungssteuer, Kraftfahrzeugsteuer, Mineralölsteuer, Ökosteuer, Stromsteuer, Verpackungssteuer, Feuerschutzsteuer, Erbschaftssteuer, Schenkungssteuer, Hundesteuer, Jagd- und Fischereisteuer, Rennwett- und Lotteriesteuer, Getränkesteuer, Kaffeesteuer, Biersteuer, Schaumweinsteuer, Branntweinsteuer, Zwischenerzeugnissteuer, Schankerlaubnissteuer, Tabaksteuer, Spielbankabgabe, Vergnügungssteuer.

Man ist, was man isst

Um vital zu bleiben, sollte jeder auf eine gesunde Ernährung achten. Dies ist aber heutzutage sehr schwer. Denn wer meint, er bekäme bei einer Pizza Schinken als Belag, muss sich stattdessen meist mit einem wässrigen Imitat aus einer geformten Masse mit viel Wasser, Geliermittel, Stärke und Soja-Eiweiß begnügen. Auch Geflügelleberwurst besteht zum Teil aus Schwein. Brot kann schon mal dunkle Zusatzstoffe und Sojabohnenhäute als Ballaststoffe enthalten, damit es gesünder aussieht. Damit der Lachs appetitlicher wirkt, wird er mit Futter aufgezogen, das einen roten Farbstoff enthält, obwohl dieses Krebsgefahr durch Dioxine hervorruft. Und wer sich auf eine Hühnersuppe freut, findet darin kaum Huhn, sondern Aromen und Geschmacksverstärker, genauso wie im Joghurt anstelle von Früchten Sägespäne verarbeitet sind. Viele Lebensmittel entpuppen sich somit als Mogelpackung.

Aromazusätze und Geschmacksverstärker sollen den Gaumen reizen, denn so manches Produkt gibt das nicht von alleine her. Was in unseren Lebensmitteln an Zusatzstoffen enthalten ist, kann der Kunde fast gar nicht mehr nachvollziehen oder verstehen.

Belastetes EU-Obst?

Doch das ist noch lange nicht alles. Obst und Gemüse ist teilweise so mit Pestiziden oder chemischen Wirkstoffen belastet, dass es unter Umständen Allergien, Asthma oder sogar Krebs auslösen kann. Um diese Giftstoffe zu verheimlichen, wird auf den Etiketten schon einmal geschwindelt. Diese Produkte kommen überwiegend aus den südlichen Ländern, da dort die Sonne länger scheint, deshalb können sie billiger verkauft werden. Heutzutage muss vor allem der gering verdienende Bürger auf jeden Cent achten und kann sich oft keine hochwertigen heimischen oder biologisch angebauten Produkte leisten.

Das deutsche Lebensmittelgesetz galt einmal als das schärfste der Welt. Nach der Einführung der EU und den daraus entstandenen Grenzöffnungen ist dieses Gesetz, so scheint es, nur noch für Waren gültig, die in Deutschland produziert werden. So muss das deutsche Bier nach dem deutschen Reinheitsgebot von 1516 gebraut werden und darf keine Zusatzstoffe enthalten. Bei Bier aus dem Ausland ist das nicht der Fall. Dieses hat teilweise erkennbar mehr Zutaten als Gerste, Wasser, Hefe und Hopfen. Und spanische und italienische Erdbeeren sind mit Spritzmitteln behandelt, die bei uns nicht erlaubt sind.

Die Europäische Union sieht jedoch keinen Zwang für Rezepturvorschriften. Somit gibt es kein einheitliches europäisches Lebensmittelgesetz und wird es auch in Zukunft nicht geben. Allerdings dürfen Nahrungsmittel nach Deutschland eingeführt werden, auch wenn sie dem deutschen Lebensmittelrecht nicht entsprechen. Die Herstellung von Energydrinks mit einem erhöhten Koffeingehalt ist in Deutschland nicht erlaubt, diese dürfen aber auf Grund der EU-Bestimmungen aus österreichischer Produktion eingeführt werden. Auch Erdbeeren aus Italien oder Spanien sind sehr beliebt, da sie günstiger als die heimischen sind. Dass wegen der erhöhten Rückstandsmengen bestimmter Antipilzmittel die Gesundheit leidet, scheint niemanden zu stören. Doch wenn mehr Menschen durch schlechte Lebensmittel krank werden, werden auch die Krankenkassen stärker belastet.

Keine Kontrollen mehr

Die Regierung spart an der Lebensmittelüberwachung, denn die Behörden sind finanziell und personell überfordert und können nicht alle Betriebe, die Lebensmittel verarbeiten und verkaufen, kontrollieren. In einigen Fällen betreut ein einziger Kontrolleur bis zu 1300 Betriebe. So bekommt man bei Eiscafés oder den fahrenden Eisverkäufern schon mal als Beilage Salmonellen gratis dazu.

Nicht etwa um die Bevölkerung zum gesünderen Leben und Essen zu bewegen, sondern eher um noch mehr Geld einzutreiben ist die Regierung nicht abgeneigt, eine Fastfood-Steuer auf ungesunde Produkte wie Currywurst zu erheben. Damit wäre eine Einteilung von Lebensmitteln in »gesund« und »ungesund« geschaffen und dem Volk würde vorgeschrieben, was es zu essen hat.

Der Osten ruft

»Wir sind ein Volk!«, tönte es 1989 in den Medien, als die Mauer zwischen West- und Ostdeutschland fiel. Viele Bürger, egal, ob aus dem Westen oder Osten, fielen sich weinend in die Arme und konnten nicht glauben, dass ein Stück Geschichte vorbei war und eine neue begann. Die Euphorie von damals ist angesichts der wirtschaftlichen Lage längst vorüber. Was so friedvoll begann, endete in gegenseitigem Unverständnis. Wie konnte das geschehen? Es sah doch anfangs alles so gut aus für die Wiedervereinigung. Heute wünscht sich jeder fünfte Deutsche die Mauer zurück. Ost und West geben sich gegenseitig die Schuld für die Probleme des Landes. Dabei sollten sich die Politiker an die eigene Nase fassen, denn sie sind mitverantwortlich, dass die Wirtschaft im Osten Deutschlands am Boden liegt.

Nach dem Motto »Viel hilft viel« haben Bundes- und Landesregierungen bis heute 750 Milliarden Euro in die neuen Bundesländer gesteckt. Diese Gelder stammen aber nur zu einem relativ kleinen Teil aus dem Solidaritätszuschlag. Den größten Anteil tragen die Sozialversicherungen bei. Während in den 90er Jahren andere europäische Länder ihre Steuern und Abgaben senkten, stieg die Belastung in Deutschland. Das ist Gift für jede wirtschaftliche Struktur. Mit der Wiedervereinigung 1990/91 kletterten in Deutschland die Preise um insgesamt etwa 30 Prozent. Diese Boomzeit wurde begünstigt durch generöse Steuergeschenke und massive Fehlplanungen. Nach 1992 kam es zur Ernüchterung und die Preise fielen bis zur Einführung des Euros wieder um etwa 30 Prozent. Dabei hatte der »Kanzler der Wiedervereinigung« damals versprochen, dass binnen fünf Jahren »blühende Landschaften« entstehen würden. Blühende Bankkonten bescherte diese Zeit aber nur den Investoren, die mittels Sonderabschreibungen inzwischen schwer vermietbare Ostimmobilien sanierten. Die Bauwirtschaft stürzte in sich zusammen und übrig geblieben sind 1,2 Millionen Wohnungen, die heute leer stehen oder auf ihren Abriss warten. Die Städte im Osten sind noch längst keine wettbewerbsfähigen Standorte und können nur mit hohen Subventionen Investoren und Firmen anlocken. Aber so lange Kapital im Osten keine höheren Erträge abwirft als im Westen, fehlt der Anreiz für Firmen zu investieren. Daher wird es kein eigenständiges Wachstum geben und der Westen wird weiterhin Hilfen in Milliardenhöhe geben müssen – erst recht, seitdem Polen, Tschechien, Ungarn und andere osteuropäische Staaten der EU beigetreten sind. Denn für Firmen sind aufgrund der niedrigen Steuern und Löhne diese Ostländer interessanter als Deutschland. Dies ist auch ein Grund, warum sich die soziale Lage in Deutschland immer weiter zuspitzt und sich unter der Bevölkerung eine resignierte, latent aggressive Haltung ausbreitet. Die Wirtschaft stagniert, die Arbeitslosigkeit steigt und die Politiker sind nicht fähig, diese Misere zu beheben.

Hinter den Fassaden des schönen neuen Deutschlands wächst zunehmend das Problem der steigenden Altersarmut heran. Renten werden immer niedriger und die Arbeitslosigkeit unter den über 50-Jährigen wird immer größer. Nur noch 41 Prozent von ihnen haben eine Beschäftigung. Allgemeine Angst vor der Zukunft macht sich breit. Die heutige Generation der Politiker hat es geschafft, ein seit 40 Jahren gut funktionierendes Land in nur zwölf Jahren in den Bankrott zu führen und dabei die höchste Staatsverschuldung in der Geschichte Deutschlands anzuhäufen.

Visa für alle

Es wundert doch immer wieder, wie schnell die Bürger vergessen. Das zeigt sich zum Beispiel bei der Visa-Affäre. Die Politiker hüllen sich in Schweigen und diejenigen, die sich zur Sache äußern, haben offensichtlich immer noch nicht begriffen, um was es eigentlich geht. Sie mutmaßen sogar eine Kampagne gegen den Außenminister oder erheben den Vorwurf der Verleumdung.

Seit 1992 reisten jährlich etwa 100000 Ukrainer nach Deutschland und viele machten eine solche Westreise fast jedes Jahr. 50000 von ihnen betrieben einen regelrechten Handel zwischen Deutschland und dem Osten. Sie kamen als Touristen, um hier Waren einzukaufen, die sie dann in der Ukraine mit einem enormen Gewinn wieder verkauften. Davon bauten sie sich neue Häuser, fuhren teure Autos und gründeten kleine Geschäfte. So bildeten sich im Laufe der Jahre eine Vielzahl von Vertriebsorganisationen, die Einkaufsgelegenheiten sowie freie und auch illegale Arbeitsstellen in Westeuropa vermittelten. Diese Vermittler betrieben tatsächlich ein grundsolides Geschäft. Wer über diese Organisationen in den Westen reiste, fand sicher einen Arbeitsplatz oder die gesuchte Handelsware. In Merkblättern wurden die Reisenden informiert über die Rechtslage, über Einkaufs- und Übernachtungsmöglichkeiten und über das, was sie gegenüber deutschen Behörden äußern durften und was sie keinesfalls sagen sollten. Als Agenten vor Ort wurden ausgewanderte Landsleute und Firmen eingeschaltet, die in der EU wohnten oder ihren Sitz hatten, vor allem in Deutschland. Wer zum Beispiel ein Auto kaufen wollte, benötigte ein Zollkennzeichen und eine Kfz-Versicherung.

Die Vermittler verdienten an einem Reisenden in der Regel zwischen 100 und 500 Euro. Da kam die Lockerung des Visa-Gesetzes für die Reisewilligen in der Ukraine gerade recht. Schon 1995 hatte die Kohl-Regierung das langwierige Verfahren der Visa-Vergabe für Ukrainer durch die Einführung des »Carnet de Touriste« (CdT) verkürzt. Dieses wurde durch die »Gemeinsame Konsularische Instruktion« des Schengen-Abkommens erlassen. Das Carnet de Touriste ist eine Art Versicherung, durch die die Kosten im Falle einer Krankheit sowie auch einer möglichen Abschiebung gedeckt werden sollen. Diese Reiseschutzversicherung diente also zur Absicherung von Risiken während des Aufenthalts von Ausländern in Deutschland. Das CdT wurde als Bonitätsnachweis für den Aufenthalt als auch die Rückkehr in das Herkunftsland akzeptiert. Das so genannte Reisebüroverfahren des Schengen-Abkommens regelt auch, dass Einreisewillige nicht mehr persönlich bei der Visa-Stelle erscheinen müssen. Die deutschen Botschaften brauchten bei Vorlage des CdT keine weiteren Unterlagen und konnten auf eine weitere Prüfung von Finanzierung, Reisezweck und Rückkehrbereitschaft verzichten.

Im Jahr 2000 erließ der Staatsminister im Auswärtigen Amt in Berlin einen neuen Zusatz zur Visa-Vergabe. Der besagte, dass im Zweifelsfall für die Reisefreiheit entschieden werden sollte. Er hatte nämlich bei Besuchen in Kiew mehrfach betont, dass die Ukraine näher an den Westen herangeführt werden solle. Mit diesem Erlass wurden somit die Konsulate dazu angehalten, künftig nur noch bei begründeten Zweifeln einen Visa-Antrag abzulehnen. Der Bundeskanzler meinte zudem im Frühjahr 2002 in Kiew wörtlich: »... wir werden Wege und Lösungen finden, um den Lebensstandard der Bevölkerung zu erhöhen ...«

Dadurch war der Weg frei für Personen, die schon in den Startlöchern standen, um in den lukrativen Markt der Vermittlung illegaler Arbeitskräfte einzudringen. So wie für einen Deutschen und einen Ukrainer in Frankfurt/Oder, die als Geschäftspartner laut BKA über 8000 Personen nach Deutschland und 4000 nach Portugal und Spanien eingeschleust haben sollen. Aber auch in der Ukraine selbst florierte der Schwarzmarkt.

Als das Auswärtige Amt im Jahr 2002 erlaubte, dass Reiseschutzversicherungen künftig auch direkt vor Ort im Ausland verkauft werden durften, wurden in Kiew die Reisedokumente für bis zu 1000 US-Dollar angeboten und die Botschaften von Antragstellern geradezu überrannt. Die Zahl der ausgestellten Visa stieg in den deutschen Botschaften von Moskau, Minsk und Tirana rapide an, in der albanischen Hauptstadt Tirana zum Beispiel von 8000 auf 19000 pro Jahr. Den stärksten Anstieg – von 148000 auf 300000 – verzeichnete aber die Botschaft in der ukrainischen Hauptstadt Kiew von 1999 bis 2001. Der sprunghafte Anstieg resultierte aber auch daraus, dass auf ein persönliches Erscheinen der Antragsteller verzichtet wurde und Gruppenreisen bis zu 50 Personen je Woche und Reisebüro zugelassen wurden.

Es leben heute rund 5 Millionen russischsprachige Einwohner in Deutschland (einschließlich illegal eingewanderter Personen). Allein nach dem Ende der Sowjetunion 1990

Oh Kinderlein kommet

waren es fast 2,5 Millionen so genannte »Spätaussiedler«, die nach Deutschland »zurückkehrten«. Selbst nach Generationen gelten viele von ihnen noch als Deutsche, obwohl die meisten der heute als Spätaussiedler zuziehenden Sowjetbürger kein Wort Deutsch mehr sprechen.

Durch die besonderen Staatsangehörigkeitsregelungen für Spätaussiedler oder Heimkehrer erhalten sie wesentlich schneller einen deutschen Pass als zum Beispiel türkischstämmige Ausländer. Dadurch lässt sich eine erhöhte Kriminalitätsrate unter der russlanddeutschen Bevölkerung nicht nachweisen, da auffällig gewordene Russlanddeutsche die deutsche Staatsangehörigkeit besitzen und somit als deutsche Täter in die Statistik eingehen. Deshalb verzeichnet auch das statistische Bundesamt in Deutschland offiziell nur 297106 Bürger aus den Staaten der ehemaligen Sowjetunion, 116003 davon aus der russischen Föderation.

Mittlerweile sind in vielen deutschen Städten eigene russische Stadtviertel und Kulturbereiche entstanden. Es erscheinen heute mehrere eigenständige russischsprachige Zeitungen in Deutschland. Dadurch wird die Integration für diesen hohen Bevölkerungsanteil schwierig. Sie scheitert oft an den fehlenden Deutschkenntnissen und auch infolge der Konfrontation mit einer für diese Menschen fremden Kultur.

Illegal in Deutschland lebende Russen, die ihrem Elend in der Heimat entfliehen wollten, scheinen kein Glück zu haben. Sie müssen ihre Arbeitskraft für 50 bis 80 Cent Stundenlohn anbieten. Der erwirtschaftete Profit geht in die Taschen der Unternehmer, die die Leistungen über Subunternehmen mit den üblichen regionalen Preisen berechnen, obwohl ihre Personalkosten viel niedriger sind. Leidtragende sind wie immer diejenigen, die gekommen sind, um ein etwas besseres Leben zu führen und sich nun mühsam und ohne rechtlichen Status über Wasser halten müssen.

Die Schuld für diese Misere wird wieder einmal von einem Politiker zum anderen geschoben. Zwar beschäftigt sich ein Untersuchungsausschuss des Bundestags mit den Vorwürfen, ob das Außenministerium mit seiner Visapolitik die massenhafte Einschleusung von Migranten nach Deutschland, die Zwangsprostitution von Frauen aus Osteuropa und die illegale Schwarzarbeit von Ausländern begünstigt hat, aber wie die Erfahrung aus anderen Fällen zeigt, wird er wohl zu keinem Ergebnis kommen. Schon jetzt verweigerten Mitarbeiter der Konsulatsabteilung in Kiew, die als Zeugen geladen waren, die Aussage gegen ein Mitglied einer Schleuserbande, da sie angeblich massiv bedroht worden waren. Dann sagten die Zeugen doch aus, aber in einer Art und Weise, die jedem Prozessbeobachter klar machte, dass sie logen. Es wurde auch die deutsche Botschaft in Kiew für die Fehler in der Visa-Vergabe verantwortlich gemacht, obwohl sie doch nur die Anweisungen der Regierung ausführte.

Wie dies in der deutschen Politik die Regel ist, dient der Skandal um die Visa-Affäre nur als Kulisse, hinter der ganz andere Fragen ausgefochten werden, in die das Publikum wiederum möglichst wenig Einblick erhalten soll. So ist das Auswärtige Amt nicht etwa auf die Aufklärung der Hintergründe bedacht, sondern sucht eher nach dem Verräter, der den Fall öffentlich gemacht hat. Es wird als einfacher Fall von Bestechlichkeit dargestellt. Dabei geht es um innen- sowie außenpolitische Ziele, und es lässt sich nur schwer feststellen, wer an welcher Strippe zieht, wer welche Pläne verfolgt und wer welche Intrigen schmiedet. Der Vorsitzende einer Partei sprach von einer »Bagatellisierung des Menschenhandels durch die Bundesregierung«. Zeitgleich ernannte ein Bundestagsabgeordneter den Außenminister zum Zuhälter. Bei der Visa-Affäre geht es nicht um einen Hühnerdiebstahl, sondern um handfestes Regierungsversagen, das Schwerstkriminalität begünstigte. Es wurden unter anderem auch schwere Vorwürfe gegen die Bundesregierung selbst erhoben. So fühlt sich etwa ein Richter durch das Auswärtige Amt in seiner Arbeit behindert und ein Oberstaatsanwalt warf den Ministerien vor, dass die organisierten Schleusungen mit deren Kenntnis erfolgt seien. Aber all dies wird in nicht allzu langer Zukunft auch wieder vergessen sein.

Der Untergang

Noch nie traf Deutschland nach dem Zweiten Weltkrieg eine Katastrophe wie das Hochwasser im Jahr 2002. Der Bundesinnenminister kündigte daraufhin für die Opfer in den Hochwassergebieten schnelle und unbürokratische Soforthilfe an. Es war eine willkommene Gelegenheit für den Bundeskanzler, der vor der Flut laut Umfrage schon die Wiederwahl gegen seinen Kontrahenten verloren hatte, sich angesichts des Elends vieler tausend Menschen als »Macher« in den Medien feiern zu lassen und die Lage für Werbezwecke zu nutzen. Um eine Wiederwahl zu sichern wurden den Menschen Versprechungen gemacht, die nicht eingehalten wurden.

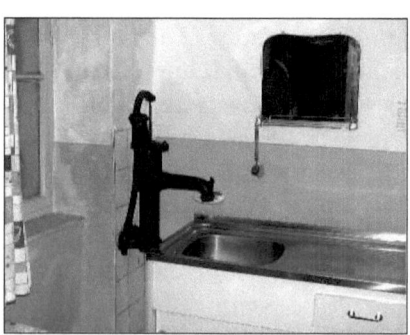

Nach der Sanierung

Das nie Geglaubte trat ein: Die Menschen in Deutschland fühlten sich zum ersten Mal wieder als ein gemeinsames Volk und spendeten rund 500 Millionen Euro für die Opfer. So kamen insgesamt 7,1 Milliarden Euro in die Kassen, die für den Wiederaufbau der überfluteten Gebiete gedacht waren. Leider verschwanden davon rund zwei Drittel in dunklen Kanälen der Staatskassen und nur ein Drittel wurde wirklich an die Opfer weitergegeben. Die Jahre sind verstrichen und es wurde anscheinend wieder einmal mit der Vergesslichkeit der Menschen gerechnet. Denn es ist noch lange nicht alles so, wie es vor der Flut war. So wie in einem kleinen 50-Einwohner-Ort in der Nähe von Dresden. Durch den nahenden Winter konnte das Dorf nicht mehr an die Trinkwasserleitung angeschlossen werden. Es wurde daraufhin beschlossen, acht Brunnen zu bohren. So hatten die Bewohner Wasser und die Obrigkeit ihre Ruhe vor weiteren Klagen. Als kurze Zeit darauf aber die Fische starben und sich eine dunkle Brühe aus den Leitungen zwängte, stellte man fest, dass sieben der acht Brunnen mit Arsen und Bakterien verseucht waren. Für die 400000 Euro, welche die Brunnen gekostet haben, wäre so manches Haus an die normale Trinkwasserleitung angeschlossen worden. Heute müssen die Einwohner ihr Wasser für den täglichen Bedarf in Flaschen im Supermarkt kaufen, denn für die Instandsetzung bestehe keine Notwendigkeit und außerdem sei kein Geld vorhanden.

Aber nicht nur die Flut lässt Dörfer verschwinden. Die Bewohner der ländlichen Gebiete ziehen lieber in die Stadt. Die Landwirtschaft in Deutschland ist schon lange nicht mehr so gesund, wie es die Regierung vermitteln will. Der massenhafte Import von landwirtschaftlichen Gütern aus dem Ausland drängt die einheimischen Betriebe mehr und mehr zurück. Auch die heimischen Großbetriebe mit ihrer Massenproduktion lassen den kleinen Familienhöfen keine Chance, denn sie können die Ware viel billiger produzieren und dem Verbraucher für weniger Geld anbieten. Die Regierung kürzt unterdessen immer mehr die Subventionen. Viele landwirtschaftliche Betriebe können bei diesem Preiskampf nicht mehr mithalten.

Eine andere Ursache für den Untergang manchen Dorfes ist der Abzug der Bundeswehr. Bis zum Jahr 2010 werden insgesamt 105 Standorte geschlossen. Darunter leiden vor allem kleine Ortschaften, die von der Kaufkraft der Soldaten abhängig sind. Die Anzahl von ehemals 650000 Soldaten wurde bis heute auf 270000 reduziert, trotz der enormen Summe von rund 30 Milliarden Euro, die die Bundeswehr als jährliches Budget erhält. So werden in einem kleinen 17000-Seelen-Ort in Sachsen wieder 1700 Soldaten abgezogen und die Kaserne geschlossen. Schon jetzt hat dieser Ort eine Arbeitslosenquote von 20 Prozent zu beklagen. Durch den Abzug wird es dann noch mehr sein.

So sterben die Dörfer still, und die Armut kommt leise, denn die Bundesregierung vergibt lieber erst einmal Steuergelder für Hilfen im Ausland.

Die Vergessenen

»Obdachlosigkeit wird definiert als Zustand, in dem Menschen über keinen festen Wohnsitz verfügen und im öffentlichen Raum, im Freien oder in Notunterkünften übernachten. Der veraltete Begriff ›Obdach‹ bedeutet Unterkunft oder Wohnung, wurde aber meist im Sinne von behördlich bereitgestellter Unterkunft verwendet.«

So lautet die offizielle Definition der Situation von Bettelbrüdern, Pennern, Schnorrern, Landstreichern oder Stadtstreichern, wie sie im Volksmund beschimpft werden. Doch die meisten der insgesamt 20000 Obdachlosen in Deutschland haben sich dieses Leben nicht ausgesucht. Keiner der 225 Obdachlosen ist in den letzten Jahren freiwillig auf der Straße erfroren. Misstrauisch und mit abgewandtem Blick geht man schnell an ihnen vorbei in der Hoffnung, nicht angesprochen oder gar angebettelt zu werden. Manche Passanten warten allerdings nur darauf, angeschnorrt zu werden, um den Frust über die eigene Lage, die zu hohen Steuern und zu vielen Überstunden an diesen armen Menschen auszulassen. Man arbeite schließlich hart für sein Geld und habe

Wir geben Ihrer Zukunft ein Zuhause

nichts zu verschenken und sie sollten sich doch eine Arbeit suchen und für ihr Leben selbst aufkommen.

Dabei würden mit Sicherheit viele der Bettler gerne die Möglichkeit ergreifen, vom Leben auf der Straße wegzukommen, angewiesen auf jeden Cent, den sie einem Passanten abknöpfen können. Aber ohne Wohnung gibt es nun mal keine Arbeit und ohne Arbeit keine Wohnung. Glücklich kann sich schätzen, wer noch eine Wohnung und eine Arbeit hat. Bei über 5,5 Millionen Arbeitslosen, die es offiziell gibt, kann es jeden treffen. Es ist wie russisches Roulette. Man verliert die Arbeit und kommt so in Mietrückstand. Durch den Rückgang des sozialen Wohnungsbaus, die steigenden Mietpreise und den Mangel an preiswertem Wohnraum kommen immer mehr Haushalte in solch eine prekäre Lage. Die Menschen bekommen wegen ihrer Mietschulden eine Räumungsklage, verlieren dann ihre Bleibe und landen auf der Straße. Viele finden auch erst gar keine Wohnung. Wenn sie zum Beispiel frisch aus dem Gefängnis oder aus Heimen entlassen wurden, ist fast kein Wohnungseigentümer bereit, diesen Menschen einen Wohnraum zu geben, damit sie einen Neuanfang in ihrem Leben machen können.
Manchmal ist auch eine Scheidung oder Trennung vom Ehepartner oder auch der Tod eines geliebten Menschen der Grund, warum Menschen auf der Straße landen. Sie können mit diesem starken Einschnitt in ihr Leben nicht umgehen und rutschen immer tiefer ab. Verschlimmert wird die Lage durch das neue Hartz-IV-Gesetz, mit dem Bezieher von Arbeitslosenhilfe auf weniger als das Sozialhilfeniveau heruntergestuft werden. Viele Menschen, die bisher Arbeitslosenhilfe bezogen haben,

zahlen höhere Mieten als der Regelsatz vorsieht. Wer über diesem Regelsatz liegt, dem wird der Zuschuss gekürzt, und er muss in eine billigere Wohnung umziehen. Höhere Wohnkosten werden nur für einen Zeitraum von sechs Monaten geduldet, wenn eine Kostensenkung nicht möglich oder nicht zumutbar ist.

Da das preiswerte Marktsegment aber zunehmend ausgeschöpft ist, finden die Betroffenen keine Wohnung. Weil der Regelsatz für die Begleichung der Miete nicht ausreicht, kündigt der Vermieter den Mietvertrag und zuletzt bleibt dann nur die Straße.

Das Durchschnittsalter der Wohnungslosen liegt heute bei 38 Jahren, etwa 25 Prozent sind jünger als 28 Jahre. Dass die Armut sich in den Städten ausbreitet, ist nicht zu übersehen. Tagsüber treffen sich die Obdachlosen in Parks oder vor Supermärkten, sei es zum Trinken, um Informationen auszutauschen oder um in Gesellschaft zu sein. In der Nacht füllen sich viele Haus- und Ladeneingänge in der Innenstadt mit Schlafenden, wo sie bei schlechtem Wetter ein Dach über dem Kopf haben. Meistens werden sie aber von der Obrigkeit vertrieben, um sich einen anderen Unterschlupf zu suchen. Dabei könnte doch so mancher Obdachlose für Geschäfte als zusätzlicher Schutz vor Einbrechern und vor Vandalismus fungieren. Wenn dieser dann seine Schlafstätte morgens vor der Geschäftsöffnung sauber hinterlässt und der jeweilige Ladeninhaber ihm einen Obolus gibt, wäre beiden geholfen.

Obdachlose Kinder gibt es in Deutschland nicht, da jedes Kind und jeder Jugendliche über die Adresse des Elternhauses angeschrieben werden kann. Im offiziellen

Sprachgebrauch gelten sie bis zum 18. Lebensjahr als obhutlos und werden von der Polizei zu den Eltern zurückgebracht. Oft weigern sich die Kinder oder sogar die Eltern, es noch einmal miteinander zu versuchen. Dann muss durch das Jugendamt eine Ersatzlösung gefunden werden und diese heißt in den meisten Fällen Unterbringung im Heim. Aber das halten einige auf Dauer nicht aus, und sie begeben sich auf die Straße.

Laut Hilfsorganisationen sollen bis zu 7000 Jugendliche unter 18 Jahren ohne feste Bleibe sein. Meistens findet man die Kinder, die manchmal sogar jünger als 14 Jahre sind, in der Nähe von Bahnhöfen oder Busbahnhöfen. Nachts schlafen sie an zugigen Plätzen auf Matten oder Kartons, tagsüber betteln sie vorübergehende Passanten an. Viele sind von Krankheit und Hunger gezeichnet. Sie verfallen der Drogensucht, weil sie versuchen, ihr zerrüttetes Elternhaus zu vergessen, die Gewalt, den sexuellen Missbrauch oder die Vernachlässigung. Oft sind auch ein oder beide Elternteile selber suchtkrank oder alkoholabhängig. Sozialpsychologen gehen davon aus, dass sich bereits nach einem halben Jahr auf der Straße der Charakter eines Menschen, insbesondere bei Kindern, nachhaltig verändert, was die Resozialisierung erschwert. Es besteht die Gefahr eines Teufelskreises aus Diskriminierung durch die ignorante Bevölkerung und der Verzweiflung und dem Widerstand der Obdachlosen.

Leider gibt es nur in wenigen deutschen Städten für diese Kinder Anlaufstellen wie KARUNA. Dieser Verein versucht im Vorfeld drogengefährdeten Kindern und Jugendlichen zu helfen. Aber auch bereits Drogenabhängige werden durch die Mitarbeiter des Vereins dazu ermutigt, einen Neuanfang zu finden und auf Drogen zu verzichten. Sie unterstützen die Jugendlichen bei Therapien, fördern ihre Integration und geben ihnen die Nähe, die sie brauchen, aber nie hatten. Sie versuchen aber auch zwischen den Eltern und dem Kind zu vermitteln. Leider sind

Schade um die Unschuld

Institutionen wie diese immer auf Spenden angewiesen und erhalten nur wenig Geld aus öffentlichen Mitteln.

Es gibt viele Möglichkeiten, Bedürftigen zu helfen. Zum Beispiel existiert mittlerweile in fast jeder größeren Stadt eine Sammelstelle für Lebensmittel. Diese Hilfsorganisation nennt sich selbst »Tafel« und sammelt Speisen und Lebensmittel ein, die entweder nicht mehr für den Verkauf bestimmt sind oder aus Feiern und Festen von Gastronomiebetrieben übrig geblieben sind. Dabei sind diese Lebensmittel durchaus noch für den Verzehr geeignet, denn die ehrenamtlichen Mitglieder der Tafeln achten sehr genau darauf, dass keine verdorbene Ware zu den Bedürftigen gebracht wird. So kann jeder, der mithelfen möchte, zum Beispiel mögliche Lieferanten bei Supermärkten ansprechen, Spender und Sponsoren akquirieren oder im Bekanntenkreis für die jeweilige Tafel vor Ort werben. Dadurch können Hilfsbedürftige auch einmal in den Genuss von Früchten oder Gemüse kommen, auf die sie schon lange verzichten mussten.

Mit anderen Augen sollte man auch Menschen betrachten, die in Fußgängerzonen stehen und versuchen, Straßenzeitungen für Menschen in sozialer Not zu verkaufen. Viele Bürger gehen mit achtlosem Blick an diesen Verkäufern vorüber. Diese haben aber gar nichts Böses im Sinn, vielmehr möchten sie durch diese Zeitschrift die Bevölkerung auf soziale Missstände aufmerksam machen. Weder sie noch der Verlag, der diese Zeitschriften mit Hilfe von Spenden herausbringt, wollen sich daran bereichern. Der Verkäufer hofft vielmehr, sich durch den Verkauf sein tägliches Brot und eine warme Mahlzeit zu sichern. Denn für jedes verkaufte Heft erhält er einen Anteil. Den Rest der Einnahme bekommt die Hilfsorganisation für eine weitere Auflage. Sie würden sich also freuen, wenn der eine oder andere einmal im Monat stehen bleibt und ihnen für einen Betrag zwischen 1,50 und 2,50 Euro

ein Heft abnimmt. Glücklich sind sie aber auch, wenn man sich mit ihnen unterhält. Möglicherweise wird man dabei feststellen, dass diese Verkäufer gar nicht so dumm sind, wie es ihr Äußeres vielleicht vermuten lässt. Denn es kann und darf nicht sein, dass diese Menschen in ihrem Unglück gedemütigt, schikaniert, verjagt, verprügelt und sogar getötet werden.

Kinder werden immer teurer!

Folgendes Gedicht des Künstlers Orenda, das dieser freundlicherweise zur Verfügung gestellt hat, soll zum Nachdenken anregen.

Obdachlos im Winter
Der soziale Abstieg,
einmal begonnen, ist kaum aufzuhalten.
Eine Maschinerie sorgt dafür,
unerbittlich und perfekt.
Der Obdachlose ist ausgegrenzt.
Sein Lebensraum ist eingeengt.
Eingeengt auf ein kleines Stück
Straße,
eine Eisscholle, treibend auf See bei Nacht.
Das Heim des Obdachlosen
ist eine Bank,
unpersönlich, karg und rau.
Der Obdachlose ist nackt.
Kein Ofen wärmt ihn,
kein Bett schützt ihn
und kein Dach hindert Regen und Schnee.
Die Kälte überfällt ihn
im Schlaf.
Der Obdachlose rutscht
ohne Erbarmen
in den weißen Tod.
Der erfrorene Obdachlose
ist ein erfrorener Mensch.
Eine Schande für das Land,
eine Schande für alle.
Wir müssen, alle,
diese Maschinerie anhalten – ersetzen!
Ersetzen
durch Menschlichkeit.

Ich bring euch um

In Mecklenburg-Vorpommern tötete ein 27 Jahre alter Ehemann seine Ehefrau und die gemeinsame vierjährige Tochter. Der Bundeswehrsoldat konnte die Trennung und die folgende Scheidung nicht ertragen.

Ein 34 Jahre alter Kraftfahrer stellte sich der Polizei und zeigte an, er habe seinen anderthalbjährigen Jungen und seine fünf Jahre alte Tochter durch Ersticken getötet. Da sich seine 31-jährige Ehefrau vor einiger Zeit wegen dauernder Streitigkeiten von ihm getrennt und die beiden gemeinsamen Kinder mitgenommen hatte, war er ausgerastet und hatte seine beiden Kinder kurzerhand umgebracht. Er war es leid, die ständigen Auseinandersetzungen wegen des Besuchsrechts zu ertragen.

An einem Pfingstsamstag an der Ruhr erstach ein 58-jähriger Vater seine fünfjährige Tochter und verletzte deren sechs und elf Jahre alten Schwestern mit zahlreichen Messerstichen lebensgefährlich. Auch hier hatte der Vater offenbar die Trennung von seiner Frau nicht verwinden können und beschlossen, seine Kinder und sich selber zu töten, wie er in einem Abschiedsbrief erklärte. Seinen Selbstmordversuch überlebte der 58-Jährige allerdings schwer verletzt.

Beängstigend ist, dass die Zahl der Tötungsdelikte an Ehepartnern und Kindern stetig steigt. Die Gründe dafür sind verschieden. Gewalt in der Ehe kommt zwar in allen Gesellschaftsschichten vor, tödliche Ausgänge finden sich jedoch hauptsächlich in sozial benachteiligten, überforderten oder isolierten Familien. Dabei geht die Gewalt fast immer vom Mann aus, der oft in seiner Kindheit selbst misshandelt wurde oder erlebte, wie seine Mutter vom Vater geschlagen wurde. Durch diese Erziehung empfindet er Gewalt in der Familie als normal und ist sich keiner Schuld bewusst. Misserfolg oder Probleme am Arbeitsplatz können ebenfalls Aggressionen hervorrufen. Nicht selten ist die Gewalt an Kindern oder dem Ehepartner mit dem Verlust der Arbeit verbunden. Sehr oft führt auch Alkoholmissbrauch zu Gewaltanwendung.

Besonders Kinder scheinen Freiwild zu sein, denn die Zahl der sexuell motivierten Verbrechen an Kindern nimmt immer mehr zu.

Juli 1997: Ein 20-Jähriger tötet ein neun Jahre altes Mädchen aus dem brandenburgischen Raum. Er hatte das Kind in einem Keller sexuell genötigt, missbraucht und anschließend mit einem Fahrradschlauch erdrosselt. Durch ein Gutachten wird dem Täter eine schwere Persönlichkeitsstörung bescheinigt und er wird zu sechs Jahren Jugendhaft mit anschließender Einweisung in die Psychiatrie verurteilt.

Januar 1998: Ein elfjähriges Mädchen wird tot in der Nähe ihres Elternhauses in Nordrhein-Westfalen gefunden. Der Täter, ihr Onkel, hatte das Kind in sein Auto gelockt, sexuell genötigt und erwürgt. Er wird zu lebenslanger Haft verurteilt.

Januar 1998: Auf dem Weg zur Schule wird die zwölfjährige Carla im mittelfränkischen Wilhermsdorf überfallen, sexuell missbraucht und bewusstlos in einem Weiher liegen gelassen. Nach fünf Tagen im Koma stirbt das Mädchen. In einem Indizienprozess wird ein 30-jähriger

Handwerker aus einem Nachbarort zu lebenslanger Haft verurteilt.

März 1998: Ein einschlägig Vorbestrafter entführt ein elfjähriges Mädchen aus einem Ort in Niedersachsen. Im Kofferraum seines Wagens bringt er das Kind in ein 30 Kilometer entferntes Waldstück und tötet es. Der Täter, selbst ein Familienvater aus dem Nachbarort, wird durch eine der größten Speicheluntersuchungen in der deutschen Kriminalgeschichte überführt. Er gesteht später, im Juni 1996 auch ein 13-jähriges Mädchen aus Jeddeloh getötet zu haben. Der Täter wird zu lebenslanger Haft verurteilt.

Juli 1999: Ein 14-Jähriger erwürgt aus sexuellen Motiven ein siebenjähriges Mädchen aus Sachsen-Anhalt und wird zu sechs Jahren und neun Monaten Jugendhaft verurteilt.

Juli 1999: Ein 25-jähriger Mann tötet einen zehnjährigen türkischen Jungen in Nordrhein-Westfalen. Im September 2000 findet der Vermieter die verweste Leiche des Jungen in einer Tiefkühltruhe. Der Täter wird wegen Mordes und schweren sexuellen Missbrauchs zu lebenslanger Haft verurteilt.

Dezember 1999: Ein 14 Jahre altes Mädchen aus Sachsen-Anhalt wird von zwei 18-jährigen Jugendlichen vergewaltigt, erdrosselt, mit Benzin übergossen und angezündet. Sie verbrennt fast bis zur Unkenntlichkeit. Die jungen Täter werden zu jeweils neun Jahren Freiheitsstrafe verurteilt.

Juni 2001: Ein acht Jahre altes Mädchen aus Hessen wird entführt, erschlagen und die Leiche in einem Wald verbrannt. Der Täter, ein 35-jähriger Nachbar und Familienvater, wird zu lebenslanger Haft verurteilt.

September 2001: Unter mysteriösen Umständen verschwindet ein Neunjähriger aus Niedersachsen aus einem

Schullandheim. Seine Leiche wird zwei Wochen später in einem Wald entdeckt. Dabei handelt es sich möglicherweise um einen Serientäter. Er wurde bis heute nicht gefasst.

Februar 2002: Eine Zehnjährige aus Thüringen wird in einem Gebüsch an einem Bahndamm ermordet aufgefunden. Das Mädchen wurde Opfer eines Sexualverbrechens. Knapp drei Jahre später wird der Täter überführt. Er verbüßt seit Sommer 2002 eine Haftstrafe von 13 Jahren und 6 Monaten wegen Vergewaltigung von drei Frauen in Gera. Er wurde für die Tat an der Zehnjährigen wegen versuchter Vergewaltigung und Körperverletzung mit Todesfolge zu lebenslanger Haft verurteilt.

Februar 2002: Schwarz verhüllt und mit einer grinsenden Totenkopfmaske vor dem Gesicht ersticht ein 19-Jähriger bei Augsburg ein zwölf Jahre altes Mädchen in ihrem Zimmer. Der Täter wird zu einer Jugendstrafe von zehn Jahren verurteilt.

September 2002: In Frankfurt/Main wird auf dem Heimweg von der Schule der elf Jahre alte Sohn eines Bankiers von einem Studenten entführt und trotz Zahlung eines Lösegeldes von einer Million Euro umgebracht. Der ehemalige Jurastudent wird zu einer lebenslangen Haft verurteilt.

Januar 2003: In Sachsen-Anhalt finden Polizeibeamte die Leiche eines vermissten sechsjährigen Mädchens unbekleidet im Bett eines 19-jährigen Sonderschülers, der sie erwürgt und sexuell missbraucht hat. Er wird zu neun Jahren Jugendhaft verurteilt.

Mai 2004: Ein achtjähriges Mädchen aus Cuxhaven verschwindet spurlos, nachdem eine Klassenkameradin sie nach der Schule noch nach Hause begleitet und sich dann verabschiedet hatte. Dreieinhalb Monate später wird in einem Sauerländer Waldstück die skelettierte

Mädchenleiche gefunden. Der Täter ist ein arbeitsloser Installateur und Vater von zwei Töchtern im Alter von zwei und zehn Jahren. 1994 hatte er versucht, eine Anhalterin zu vergewaltigen, und kam mit einer zweijährigen Bewährungsstrafe davon. Im Jahr 2000 wurde eine Anklage – er soll ein geistig behindertes 17-jähriges Mädchen in sein Auto gelockt und gefesselt haben – eingestellt. Jetzt erhält er lebenslange Haft.

2005 ... Fortsetzung folgt!

Freiwild Kind

Im Zeitalter der Technik spielt das Internet eine große Rolle. Pädophile nutzen die Anonymität des Netzes für ihre perversen Leidenschaften. Ein 37 Jahre alter Mann aus Nordrhein-Westfalen hatte über einen Chat-Room, ein virtueller Raum, in dem man sich über Computer unterhalten kann, Kontakt zu zwei Mädchen im Alter von 12 und 13 Jahren aufgenommen. Bei einem anschließenden persönlichen Treffen sollten die Mädchen die Rolle eines Babysitters und der Mann das große Baby spielen. Er wollte die beiden dafür mit jeweils 100 Euro entlohnen. Der einschlägig vorbestrafte 37-Jährige war erst kurz zuvor aus der Haft entlassen worden.

Lebenslange Freiheitsstrafe ist in Deutschland die höchstmögliche Strafe, mit der insbesondere Morddelikte bestraft werden. Lebenslang heißt aber nicht, dass die Täter ihr ganzes Leben hinter Gittern verbringen müssen. Nach mindestens 15 Jahren Haft kann die Strafe zur Bewährung ausgesetzt werden. Im Jugendstrafrecht, das bis zur Vollendung des 20. Lebensjahres angewendet werden kann, beträgt die Höchststrafe zehn Jahre.

In deutschen Justizvollzugsanstalten sitzen Hunderte Männer hinter Schloss und Riegel, die wegen Kindesmissbrauch, Vergewaltigung oder Mord verurteilt wurden. Seit dem Jahr 2003 schreibt ein Gesetz vor, dass Sexualstraftäter nicht mehr ohne Therapie aus der Haft entlassen werden dürfen. Es kann aber niemand sicher behaupten, dass sie nicht noch genauso gefährlich sind wie vorher. In diesen Therapien sollen die Täter motiviert werden, über ihre Tat zu sprechen und Verantwortung für ihr Verhalten zu übernehmen. Es wird ihnen vermittelt, dass ihre Einstellungen falsch sind, und sie sollen lernen, auf sich aufzupassen und ihre Handlungen zu kontrollieren. Ein guter Schauspieler kann dadurch seine frühzeitige Entlassung bewirken. Offiziell werden zwar 20 Prozent der Täter mit Therapie wieder rückfällig, aber 80 Prozent gelten als geheilt. Diese Zahl beruht jedoch nur auf den wieder gefassten Wiederholungstätern. Diejenigen, die unauffällig agieren, bleiben von der Statistik unentdeckt.

In vielen Fällen bescheinigt den Tätern ein psychologisches Gutachten, dass sie auf Grund ihrer Vergangenheit und ihrer »schweren Kindheit« nur »bedingt« schuldfähig seien. Dadurch werden die Täter zu Opfern gemacht.

Dies schützt nur die Verbrecher, aber nicht die Leidtragenden. Die Opfer und ihre Angehörigen werden vergessen. Nach einem Verbrechen, gerade an Kindern, stehen die Eltern im Blickpunkt der Öffentlichkeit. Durch die Vernehmungen der Polizei, die Medien und die Gerichtsverhandlung werden sie ständig an den Verlust erinnert und kommen nicht zur Ruhe. Die Erinnerung verfolgt sie ihr ganzes Leben hindurch, und es bleiben Wunden zurück, die nie mehr heilen.

Das Land der hässlichen Autos

Des Deutschen liebstes Kind ist und bleibt das Auto. Ob Ölkrise, Waldsterben, Sommersmog, steigende Spritpreise oder Dauerstau, nichts kann den deutschen Autofahrer stoppen. Er trotzt, wenn auch widerwillig, allen Knöllchen, Steuern und Bußgeldern. Manche geben ihrem fahrbaren Untersatz Kosenamen, die nicht mal der Ehepartner hat, und verbringen die Samstage eher mit der Pflege ihres Autos als mit der Familie. Sie verzieren ihre Rückspiegel liebevoll mit Duftbäumen oder Plüschtieren und so manch einer hat zur Sicherheit eine Rolle Toilettenpapier auf der Ablage. Sie kaufen sich Abbilder ihrer Autos in Form von Modellen, die sie dann in einem Glaskasten im Wohnzimmer zur Schau stellen. Für die einen ist das Auto ein begehrtes und gehegtes Statussymbol, für die anderen ein Zeichen für Mobilität und ein Stück individueller Freiheit.

Die Zeiten, in denen die Gestaltung der Autos noch ästhetisch und zeitlos war, sind schon lange vorbei. Zwar ließ die Technik unter dem Blechkleid damals zu wünschen übrig, aber das wurde durch das Design, das wie ein schöner Frauenkörper in einem hautengen Kleid die Kurven betonte, zweitrangig. Heute weiß man nicht immer, wo bei einem Auto vorne und hinten ist. Schätzte man früher die deutschen Autos als Wertarbeit, so werden heute immer mehr Fabrikate aus dem Ausland importiert. Autos, die aussehen als hätte die Industrie übrig gebliebene Blechteile aneinander geschraubt.

Geiz ist heutzutage ja geil und deshalb wird nicht immer auf die Sicherheit geachtet. Der Autoindustrie kann dies nur recht sein. So lässt sich mit wenig Aufwand schnelles Geld machen, denn bei einem billigen Wagen kann man nicht viel an Luxus und Sicherheitsausstattung verlangen. So wird die Sicherheit zum Zubehör.

Zwar hat man mit einem der neuen Kleinwagen Vorteile bei der Parkplatzsuche und an der Tankstelle, aber der Komfort leidet doch erheblich. Es mögen vielleicht Asiaten in diesen Autos Platz haben, aber es ist schon Opferbereitschaft erforderlich,

Das Leben ist zu kurz für kleine hässliche Autos

wenn sich ein dickbäuchiger Europäer in ein solches zwängen soll. An Körperverletzung grenzt es, wenn zusätzlich Fahrgäste auf der Rücksitzbank mitgenommen werden müssen. Sie rammen sich die Kniescheiben ans Kinn, wenn es über eine Fahrbahnerhebung oder über Schlaglöcher geht, die ja nicht selten auf den deutschen Straßen zu finden sind. Es sollte ein Gesetz erlassen werden, das längere Strecken in solchen Autos untersagt. Diese führen nämlich zu Verspannungen und Rückgratverkrümmungen. In Anbetracht der Zunahme dieser Autos im Straßenbild stört es anscheinend nicht, dass sie aussehen als hätten sie einen Crashtest hinter sich. Warum sollten die Deutschen auch auf die Ästhetik von Autos achten, wenn sie nicht einmal auf ihr eigenes Äußeres sehen.

Dabei ist die Herstellung schöner Autos nicht teurer. Sicherheit sollte nicht auf Kosten des Geldbeutels gehen. Wer sich für mehr Raum begeistern lässt, fährt nicht nur superbequem, sondern muss sich auch nicht wie ein zusammengelegtes Handtuch hinters Lenkrad falten. Das Leben ist zu kurz für kleine hässliche Autos, die aussehen wie aufgestellte Schuhkartons mit Rädern.

Mehr Wert durch Steuer

»Die Mehrwertsteuer ist die in Deutschland angewandte Form der Umsatzsteuer, die sich auf den Nettoumsatz bezieht. Besteuert wird die entgeltliche Abgabe von Gütern und Dienstleistungen auf allen Wirtschaftsstufen sowie Entnahmen der Unternehmer für private Zwecke. Steuerschuldner sind die Unternehmen, die den Umsatz ausführen. Der Steuersatz beträgt 16 Prozent, für bestimmte Güter (z. B. Lebensmittel) gilt ein ermäßigter Steuersatz von 7 Prozent.«

So lautet die offizielle Beschreibung der Mehrwertsteuer. Sie hat also nichts damit zu tun, dass ein Gut durch eine Steuer mehr an Wert erlangt. Die Politiker möchten in Zukunft diese Mehrwertsteuer dem europäischen Durchschnittsniveau angleichen und sie auf 19 bis 20 Prozent erhöhen. Ginge es nach manchen Politikern, würden sie gerne die Steuer bei ungesunden Lebensmitteln von momentanen 7 Prozent auf den normalen Steuersatz anheben, unter dem Vorwand: »Wer sich ungesund ernährt, der verursacht auch mehr Kosten.« So könnte der Staat mit seiner Steuergesetzgebung entscheiden, was gute und was schlechte Lebensmittel sind, um mehr Geld in die Kassen zu schaufeln.

Mit den Mehreinnahmen aus der Umsatzsteuer soll die Finanzierungslücke von bis zu 20 Milliarden Euro geschlossen werden, die durch die schwache Konjunktur und die Mehrausgaben zur Bewältigung der Arbeitslosigkeit entstanden ist.

Die Politiker haben die Steuerschraube überdreht. Statt mehr kommt weniger Geld in die Staatskassen. Immer mehr Abgaben würgen den Konsum und die Kaufkraft ab, denn die Bürger sparen aus Angst vor zukünftigen finanziellen Einbußen. Diejenigen, die am finanziellen Limit leben, wären von einer solchen Mehrwertsteuererhöhung besonders betroffen, denn das tägliche Leben würde sich erheblich verteuern. Wann wird die Bevölkerung die absichtsvolle Irreführung der Politiker durchschauen und sich wehren?

Am besten eine Mauer herum

Die heutige Politik stürzt immer mehr Menschen unfreiwillig in Armut. Das wird besonders durch Hartz IV gefördert. Menschen, die dreißig Jahre und mehr in die Sozialversicherungen eingezahlt und Solidarität geleistet haben, werden nach nur einem Jahr Arbeitslosigkeit durch das neue Arbeitslosengesetz zwangsweise in die Armut geschickt. Die Regierung vergrößert die Spaltung in unserer Gesellschaft, denn die Reichen werden noch reicher, und die Zahl der Mittellosen nimmt zu. Deutlich wird dies beim Zugriff auf die Konten der Kinder. Den Empfängern von Arbeitslosengeld II werden die Vermögen ihrer Kinder angerechnet. Der Staat spart sich dadurch mindestens 2,5 Milliarden Euro. Gleichzeitig werden den Reichen Steuergeschenke gemacht und ganze Konzerne »schreiben« ihre Steuern ab.

So versinkt ein wachsender Teil unserer Mitmenschen in dauernde Mittellosigkeit. In Deutschland leben mittlerweile mehr als 2 Millionen Kinder unterhalb der Armutsgrenze. Fast jeder vierte Jugendliche zwischen 16 bis 24 Jahren ist bereits Sozialhilfeempfänger. Sie leben oft isoliert in den Armenvierteln und sozialen Abstellbehausungen der Städte. Armut und eine geringe Bildung führen zu einem schlechteren Gesundheitszustand. Insbesondere Übergewicht, Rauchen und Alkoholmissbrauch werden in Bezirken mit niedrigem Sozialindex häufiger registriert, und auch die Kriminalitätsrate ist dort höher. Dadurch unterscheidet sich die Lebenserwartung der

Menschen in ärmeren Stadtquartieren klar von der der Bewohner in besser gestellten Wohngegenden.

Es gibt keine Armut in Deutschland

Eine Besserung dieser Zustände ist nicht in Sicht. Im Gegenteil: In Zukunft wird sich die soziale Lage weiter verschlechtern, der Bildungsgrad sinkt, die Arbeitslosigkeit steigt und die Zahl der Armen nimmt gezwungenermaßen zu. Und damit wird sich die gesundheitliche Situation in den sozialen Brennpunkten der Städte verschärfen. Auch die Zahl der Selbstmorde durch psychische Instabilität wird steigen.

Laut Bundesregierung gibt es keine Armut in Deutschland, sondern nur »Problemgebiete«. Tatsache ist jedoch, dass diejenigen, die arm sind, ziemlich genau wissen, was und wo Armut ist. Sie merken es am geringen Einkommen, an den kulturellen Ausgrenzungen, an den Mängeln im sozialen und im Bildungsbereich. Die Sozialhilfe reicht meist nur zum Überleben. Informationsaustausch, Weiterbildung oder Jobsuche über Internet und Kommunikation per E-Mail bleiben unerfüllbare Wünsche. Ein Auto oder selbst die Monatskarte für den Nahverkehr sind unerschwinglich. An Urlaubsfahrten und Sparen für langfristige Anschaffungen ist gar nicht zu denken.

Nur wenige Menschen bezeichnen sich selbst gern als arm, auch aus Angst, isoliert oder missachtet zu werden. Die Unterschichtsviertel mit hohem Ausländeranteil und hoher Arbeitslosigkeit bieten ein kinderfeindliches und ungesundes Wohnumfeld mit schlechter Infrastruktur. Sie sind ein Nährboden für Aggression, Gewalt und Vandalismus. Die Bereitschaft ihrer Bewohner, am demokratischen Willensbildungsprozess mitzuwirken, lässt nach. Schon jetzt steigt die Zahl der Jugendlichen, die an schulischer Bildung wenig Interesse haben oder die ihre Schule ohne Abschluss beenden. Die Ausgeschlossenen sind prädestiniert für Langzeitarbeitslosigkeit. Viele werden lethargisch, perspektivlos und depressiv, und dies fördert Drogenmissbrauch und aggressives Verhalten gegen sich selbst oder gegen das Umfeld. Manche werden psychisch krank, andere rutschen ins kriminelle Milieu und begehen Straftaten. Die von Armut Betroffenen sind unglücklich und unzufrieden mit ihrem Leben.

Der Kampf gegen die soziale Verwahrlosung, die es offiziell nicht gibt, ist längst aufgegeben worden. Wenn es nach den Regierenden ginge, würden diese am liebsten eine Mauer um diese Wohngegenden ziehen, um sie von der restlichen, Steuer zahlenden Gesellschaft abzuschirmen.

Das Fazit:

Die Bundesrepublik Deutschland ist weder bankrott noch müssten die Steuern in unmögliche Höhen geschraubt werden. Wenn der erwirtschaftete Reichtum gezielt in das Land investiert und nicht für unsinnige Ausgaben verschwendet würde, hätte das Land wieder eine Zukunft. Dazu müssen erst einmal alle Quellen der ungleichen Verteilung sowie der Verschwendung erkannt werden. Dies geschieht aber nur durch den Druck der Bevölkerung. Erst wenn diese die Lügen und die Hinhal-

tetechnik der Politiker erkennt und sich dagegen wehrt,
kann es wieder ein gemeinsames Deutschland geben.

Ich gehe los.
Irgendeine Straße entlang.
Ich erwarte nicht viel,
suche nur etwas Neues und hoffe,
dass ich es finden kann.

Dann stehe ich wieder vor einer Tür,
die ich schon einmal geöffnet hab,
und ich weiß,
es fängt wieder dort an,
wo es schon tausend Mal begann.

Irina, 16 Jahre

Adressen

Anlaufstelle für obdachlose und drogensüchtige Kinder:

KARUNA e.V.
Jessnerstr. 54
10247 Berlin
Tel. 030 55489529
Fax 030 55489527
Mobil 0177 2218432
www.karunaberlin.de

Essen für Bedürftige:

Bundesverband
Deutsche Tafel e.V.
Lange Brückstraße 14
24211 Preetz
Tel. 04342 309160
Fax 04342 309870
www.tafel.de

Soziale Straßenzeitungen:

Bundesverband
Soziale Straßenzeitungen e.V.
Nittelwaldstraße 12
70195 Stuttgart
Tel. 0711 601874314
Fax 0711 601874330
www.soziale-strassenzeitun-gen.de

Abseits!?
Bramsche Str. 11
49088 Osnabrück
Tel. 0541 258952
Fax 0541 22298
www.abseits-online.de

Asphalt
Knochenhauerstr. 42
30159 Hannover
Tel. 0511 301269-0
Fax 0511 301269-15
www.asphalt-magazin.de

Bank Extra
Alfred-Schütte-Allee 2-4
50679 Köln-Deutz
Tel. 0221 989353-0
Fax 0221 989353-16

BoDo
Mallinckrodtstr. 270
Postfach 10 05 43
44005 Dortmund
Tel. 0231 98229796
Fax 0231 8822527
www.bodoev.de

Die Jerusalemmer
Bahnhofstr. 44
24534 Neumünster
Tel. 04321 41755
Fax 04321 418599

die Straße
Perlebergerstr. 22
19063 Schwerin
Tel. 0385 3000811
Fax 0385 3000867

Die Straße
Forststraße 38
42697 Solingen
Tel. 0212 5990131
Fax 0212 5990134

Donaustrudl
Steckgasse 6
93047 Regensburg
Tel. + Fax 0941 563785
www.donaustrudl.de

Draussen
Overbergstr. 2
48145 Münster
Tel. 0251 5389128
Fax 0251 5389129
www.muenster.org/draussen

Draussen/Hamm e.V.
Landwehrweg 24
59065 Hamm
Tel. 02381 34804
Fax 02381 306461

Drobs
Emil-Ueberall-Str. 6
01159 Dresden
Tel. 0351 4226773
Fax 0351 4226775

fifty fifty
Jägerstr. 15
40231 Düsseldorf
Tel. 0211 9216284
Fax 0211 9216389
www.fiftyfifty-galerie.de

FREIeBÜRGER
Ensisheimer Str. 20
79110 Freiburg
Tel. 0761 3196525
Fax 0761 3196527
www.frei-e-buerger.de

HEMPELs
Schaßstr. 4
24143 Kiel
Tel. 0431 674494
Fax 0431 6613116
www.hempels-ev.de
www.hempels-sh.de

Hinz&Kunzt
Altstädter Twiete 1-5
20095 Hamburg
Tel. 040 32108-311
Fax 040 30399-638
www.hinzundkunzt.de

Notausgang
Seidelstr. 21
07749 Jena
Tel. 03641 364398
Fax 03641 332355
www.notausgang-jena.de

Parkbank
Hebbelstraße 27
38100 Braunschweig
Tel. 0531 2408765
Fax 0531 2408765

Ruhrstadtzeitung
Schützenbahn 25
45127 Essen
Tel. + Fax 0201 787816
www.wohnungsloser.de

Straßen/Forum
Postfach 49 72
Schillerstraße 53
76032 Karlsruhe
Tel. + Fax 0721 959 77 62

Straßenkreuzer
Glockenhofstraße 45
90478 Nürnberg
Tel. 0911 4597636
Fax 0911 4318671
www.strassenkreuzer-online.de

Strohhalm
Gerberbruch 29
18055 Rostock
Tel. 0381 455771
Fax 0381 4925189
www.wohltat.com

Tagessatz
Westring 69
34127 Kassel
Tel. 0561 8615 43
Fax 0561 8615861
www.tagessatz.de

Trott-war
Hauptstaetter Straße 138 a
70178 Stuttgart
Tel. 0711 601874310
Fax 0711 601874331
www.trott-war.de

Hilfe für Nichtrauchen:

KARUNA e.V.
Jessnerstr. 54
10247 Berlin
Tel. 030 55489529
Fax 030 55489527
Mobil 0177 2218432
www.rauchst-du-noch.de

Anlaufstelle für Opfer von
Kinderpornografie und
Missbrauch:

Anti-Kinderporno e.V.
Postfach 40 01 10
65708 Hofheim
Tel. 06122 530329
Fax 06122 530335
www.anti-kinderporno.de

Selbsthilfe bei Missbrauch,
Gewalt, Vergewaltigung
oder Vernachlässigung in der
Familie:

Selbsthilfe – Missbrauch
Friedrichstr. 62
25813 Husum
*www.selbsthilfe-missbrauch.
de*

Meldestelle gegen
Kinderpornographie:

*www.heise.de/ct/Netz_ge-
gen_Kinderporno/meldestel-
len.shtml*
oder jede örtliche Polizei-
dienststelle

Kurse für Kinder zur Vertei-
digung gegen Angriffe von
Erwachsenen:

Bundesgeschäftsstelle
Sicher-Stark-Team
Hofpfad 11
D- 53879 Euskirchen
www.sicher-stark.de

Bilder mit freundlicher
Genehmigung von:

Adfire GmbH
Bebelallee 3
22299 Hamburg
www.funfire.de

Ein Dank geht an
Detlef »Orenda« Hänsel für
sein Gedicht »Obdachlos«

Für weitere Arbeiten kann er
erreicht werden unter:
Hauptstraße 236
37431 Bad Lauterberg
www.paradox-online.de